シェイクスピアの遺言書

梅宮創造

王国社

目次

プロローグ
〜よみがえるシェイクスピア〜……4
シェイクスピアの遺言書……13
人心を動かす遺言……31
あの世からの遺言……48
気まぐれな遺言書……65
遺言書にない遺産……83

遺言書から消えた遺産……104
遺言書を超えて
（一）道化精神……116
（二）虚なるもの……133
（三）失われた一作『カルディーニオ』……148
遺言書補遺……161
エピローグ
～詩人の里～……168
（付録）
ウィリアム・シェイクスピア遺言書（和訳・原文）
シェイクスピア家系図

プロローグ ～よみがえるシェイクスピア～

ストラットフォード・アポン・エイヴォンの春に白梅が咲きほこる——といっても別段奇異なことではない。ひと昔前のこと、シェイクスピアに嫁いだアン・ハサウェイの田舎家を訪ねたときにも、途中の野道にヤブをなして白梅が咲いていた。いささか疑う気持に駆られながら入念に検分してみると、やはり梅にはちがいない。やや小ぶりにして純白の花びらが、あふれるばかりに乱雑に咲いていた。この時節、梅ばかりでなく春の花々は四方にまぶしく目を射るが、それでもイギリスの四月は、どこかしらまだ冬の寒気を引きずっているようだ。

二〇一六年四月二三日——といえばシェイクスピア没後四〇〇年にあたり、これほどの大きな節目を次に迎えるのは、二〇六四年の生誕五〇〇年というところまで行ってしまうだろう。こっちはそんなに長生きできるはずもない。もっとも、それまでにシェイクスピアの人気が凋落するか、人類が滅びるかすれば話は別だが。ともあれ、今年この日こそは特別の日なのである。野次馬根性がなかったわけではないが、一泊二日の予定でロンドンから出かけて行った。

　前日の二二日は強い北風に雨がしぶいて、気温は一ケタかとばかり、さらに北の地方では雪さえ降ってていようかと思われた。シェイクスピア生誕の家のあるヘンリー通りも、エイヴォン川の岸辺へ下るウッド通りにブリッジ通りも、目ぬき筋のハイ・ストリートも、シェイクスピアが余生を送ったニュープレイスの跡地からチャーチ通り、またいつも賑わうシープ通りにしても、いずれ劣らず雨にぬれた舗道をゆく人影はまばらで、わずかにカフェやパブに談笑する人びとあるのみだ。肝腎のホーリー・トリニティ教会ともなれば、こちらは町はずれということもあって、なおさら見捨てられた感がふかい。とはいえ、むろん明日の祭典にむけた準備らしき気配がないわけではなく、大きなトラックが道沿いに停まり、黄色い工事用ベストを着た男たちが忙しそうに動いている。いずれもみな無言である。霧雨が降り、教会の扉はかたく閉ざされて訪れる者とてない。

　劇場はどうか。かつてTOP（The Other Place）と呼ばれ、今コートヤードと改名された催し場では「シェイクスピアの音楽ライブ」がまさに始まらんとして、それなりに客を集めているものの、こんな冷雨に祟られては客足も遠のくばかりだろう。小生そこを去り、つづいてスワン座わきの売店を通りぬけ、ロイヤル・シェイクスピア劇場へと踏み入り、建物の奥のカフェにひとまず腰を落着けた。ここらで雨にぬれた傘と衣服を乾かしておかねばならない。

　毎度のことながら、旅先では時間がゆっくりと過ぎる。とくに見たいもの買いたいものもなく、時間だけが余るほどあり、となれば、もうパブにでも入って、ひとり瞑想にふけるほかはなし。昔から好きなこの町のパブを、一軒また一軒と、駅の方角へむかってハシゴしたのは、今夜の宿が駅むこうの小さな民宿だったから。

翌二三日の朝は目がさめるばかりの快晴である。しかし外を歩けば寒気がきびしい。午前十時にシェイクスピアが通学したグラマー・スクールの内部見学ができるとやら、いささか昂ぶる気持で三十分前にはもう現地に着いた。以前、この古い学校のすぐそばに二週間のコテッジを借りて住み、学校の外観だけは何度も拝んでいたのだが、内部に入るのはこれが初めてになる。勇み心で早めに出かけていったわけだが、チャーチ通りの鉄扉前には誰もいない。裏のほうへとまわり、当地の名門校キング・エドワード六世校のキャンパス内へ入って行くと、中庭のあちこちに小さな花束を握った生徒たちが屯ろしていた。稚気のぬけない小学生から、好青年の上級生までが、きりっとネクタイを締めて端正な制服に身をつつんでいるではないか。場違いな所に迷い込んでしまった東洋人の変なおじさんには目もくれないところ、けだし、エリート校のエリート諸君たるゆえんか。廊下を歩いて来た先生とみえる中年男性に訊ねると、「オールド・スクール」はあちらからどうぞといって、チャーチ通りのお馴染みの入口を教えてくれたのはいいが、要するに元の場所へ体よく戻されただけにすぎない。

道のむこうから黒い帽子とマントを仰々しく羽織ったスタンリー・ウェルズ教授が歩いてこられた。今日は、と声をかけてもよかったが、教授の横あいにカメラマンが随行して撮影中らしいので遠慮した。道角に教授が立止って、なにやら、ぶつぶつ語る。――えへん、ここはシェイクスピア少年がランドセルを背負って通った道、また老いたるシェイクスピアが、今のわたしみたいにトボトボ歩いた道だよ――とでも仰っているのか。

祝典の目玉であろう行列行進はシェイクスピア生誕の家を出発して墓のあるホーリー・トリニティ教会で終るはずだが、このコースはちょうど町の端から端へ串刺しに貫く恰好となって調子がいい。途中のタウンホール前は一つの核にあたるものか、四辻からじわじわと人波が押寄せ、やがてこの一帯を埋め尽くした。紙製のシェイクスピアお面が配られる。大きなカメラを肩にかついだ男が往ったり来たりする。バケツ一杯に入れたマリーゴールドの小枝を配っているのはエドワード校の若者たちだ。さすがに礼儀正しい。沿道の人波はふくれる一方だが、行列はなかなかやって来ない。延々と待たせてくれる。こうして待たせるのも演出のうちかと受け止めたいところだが、なにしろ寒くてかなわない。チューダー様式の古風な建物は午前の陽をあびて目にまぶしいばかりだが、寒気は足もとから容赦なく突きあげてくる。

ひどく冷えるな、
気が滅入ってしまうぜ。
（『ハムレット』第一幕第一場）

'Tis bitter cold,

And I am sick at heart.

とてもいいたいところである。

十時半近くなって、ヘンリー通りの方角から鐘の音が聞こえてきた。一つ、また一つ、悠長に鳴りひびいて、いかにも行列を先導する弔いの鐘かと思われる。そしてとうとう、シェイクスピアの棺が来た。四人の青年が黒服に身をつつみ、オペラ座の怪人ばりのマスクを着けて粛然と棺を運んでくる。そのあとから長い行列がつづいた。

寒くてたまらない。ここいらでグラマー・スクールの内部見学へとむかうことにした。古色蒼然たる教室内には昔の重厚な机が五、六列に並んでいて、いずれの机にも誰かれの名がふかく刻みつけてある。子供たちは勉強の合間にこんな内職をやっていたのか。はたまた、内職の合間に勉強をしていたものか。今、その机にむかって腰をかければ、背板の反りぐあいがなかなかいい。うっかりすると眠くなる。

We are such stuff as dreams are made on.

われらは夢と同じ織物でできている。

（『テンペスト』第四幕第一場）

窓の外を鼓笛隊が通る。窓辺に寄って眺めると、上方から見下ろす恰好になって、これはまたいい。行列はあとからあとからつづき、それぞれの集団が、とりどりの衣装に新しいアイデアを競っている。各集団のアイデンティティーを誇示せんばかりに、カナダ、ニュージーランド、中国などのプラカードを掲げているのは、まるでオリンピック選手の入場パレードみたいだ。かたや「シェイクスピア・サークル」とか「ストラットフォード町民会」とか「ロイヤル・シェイクスピア・カンパニー」などの地元勢も負けてはいない。小生もまた逸る気持で行列に加わった。行列はおしなべてホーリー・トリニティ教会へと流れに流れ、見物客がそれに合流して、教会前はやがて立錐の余地なきばかりとなった。列をなす集団が少しずつ間をおきながら、じりじりと堂内に吸い込まれていく。オルガンのひびきにあたりの空気がふるえる。いよいよシェイクスピアの墓の前に立つと、周囲は黄や紫や赤にあふれる花の洪水である。万人が花を捧げる。しかし静かに手をあわせて拝礼するような者は一人もいない。

この日、子供のためのイベントが多いのも注目してよいだろう。次世代を担う子供たちにシェイクスピアを近づけておきたいという願い、また方針なりは、なかなか感心である。子供たちは遊びをとおしてシェイクスピアおじさんと仲好しになってしまうわけなのだろうが、プログラムのなかからその実例をいくつか拾ってみれば、「ハムレット・ストーリーを語ろう」（1～1.45pm, RSC, Upper Circle Bar）、「夏の夜の夢・語りの実演」（3～3.45pm, RSC, Upper Circle Bar）、「格闘演技」（11.45～12.45pm, Swan Theatre Gardens Marquee）、「声を出そう」（1～

1.45pm, Swan Theatre Gardens Marquee)、「踊りのワークショップ」(2～2.30pm, Swan Theatre Gardens Marquee) などなどがある。この日は演劇の専門家たちが、子供らとその親もふくめて存分にお付合いしましょうという。家庭なり子供なりを、この国ではどう考えているかという一個の具体例ともいえそうだ。子供の教育にまでシェイクスピアをからめてみせるあたり、まことに巧妙至極だが、事実、シェイクスピアは何にでもしっくり合う万能力を秘めているから有難い。

ここでもう一つ、今度は大人の目を惹く別のイベントについて触れておきたい。この日の午後、ロイヤル・シェイクスピア劇場前の芝地(Bancroft Gardens) でアクロバット劇が催された。大木の蔭の仮設舞台を半円形にとり巻いて大勢の観客が草地に腰をおろし、その背後には立見の厚い人垣ができて、総勢ざっと千人ばかり集まっただろうか。リズミカルな音楽が鳴る。シェイクスピアの明るい場面のあれやこれやが想起される。その曲に合わせて、三人、また四人の男女が組体操のようなかたちを固めたかと思うと、しなやかに廻ったり、ねじったり、逆立ちから、空中回転から、あざやかな曲藝を演じてみせるのだ。時代がかった衣装を身に着けて、シェイクスピア劇の名場面を身体で表わし、それら各場面が迅速につぎつぎとくり出されてゆく。まさにアクロバット版シェイクスピアである。ハシゴの高みからジュリエットが手をのばし、下方で悩ましげに身をくねらせてロミオが花束を受けとる。ハムレットが髑髏を宙にかざすなり、別の役者が五つも六つも髑髏を舞台上に転がす。役者たちが床上にならんで寝て、高く突きあげた足から足へとオフィーリャの死骸が運ばれていく。せりふは一つもないのに、せりふにふくまれる情感をみごとに表現しているから驚く。コーディーリアの死は痛々しいばかりだ。音楽が荘重な音色を引きずって悲しみを増幅させる。そうかと思えば、黄色いストッキングに黒ヒモを交差させたマルヴォーリオが登場して、かたわらのベンチに横柄な態度で腰をおろす。殴りあい、倒しあい、斬りあいがある。スピーディな動きに、息をのむ妙技に、今こうしてシェイクスピアがよみがえる。

シェイクスピアの魅力とは何か、と訊かれたとしよう。言葉だね、せりふの力がすごい、と応えたとする。さて、そんな言葉を除けばシェイクスピアは無いものかね。いやいや、とんでもない。こういうアクロバット演技のなかにもシェイクスピアはちゃんと生きているじゃないか。シェイクスピアの言葉ばかりを追いかけ、言葉と格闘することに余念のない人たちを前にして、フォールスタフがぶっきら棒に、こう自問自答したとしよう。「シェイクスピアって何だい?」、「言葉さ」、「言葉ってなんだ?」、「空気だね」。これはやはり、しっかりと考えておくべき問題のようである。

この日の夜の企画としては、RSC と BBC が乗り出して名だたるシェイクスピア役者たちによる特別イベントが催された。ジュディ・デンチ、イアン・マッケラン、デヴィッド・テナントらが出た。詳しくは翌日のサンデー・テレグラフ紙に大きくとり上げてあるから、そちらに譲りたいが、ただ一つ、イベントの最中にプリンス・チャールズが観客席のなかからいきなり登壇して、せりふの発声を競う役者たちを尻目に、"To be, or not to be, that is the question"を諳んじてみせたのは驚きであった。彼は自分の読みとして、"question"を強調した。会場は笑いと拍手喝采に沸いた。その場の空気をうまくつかんで、あれだけ短い時間に、あれだけ圧縮された演技をやってみせる、まことに愛嬌たっぷりのこのプリンスのなかにも、シェイクスピアはやはり生きているようだ。

夜もふけて十時半ごろにはRSCの屋上から壮大な花火が弾けてシェイクスピアの顔が大きくライトアップされ、劇場からホーリー・トリニティ教会へと通じる道すじには点々と灯りがともされて、この日の有終の美を飾ったという。当方、残念ながらそこまで目撃する余裕もなく、夕方の列車でロンドンの寓居へと帰って行ったのであった。

思うに、シェイクスピアは四〇〇年前に死んだのではない。まだ生きている。遺言書を書き残したシェイクスピアは没したが、シェイクスピアの作品はみずみずしい生命を宿して今なお健在である。そのあたりを以下の各章において、細々ながら確認しておきたい。

シェイクスピアの遺言書

古来、シェイクスピアの謎めいた生涯をめぐってかずかずの詮議がなされてきた。たしかに、謎が多い分だけ魅力も尽きないというものだろう。シェイクスピアに関して残された一次資料がまことに少ないとこぼす人もあるが、実際、シェイクスピアの名をとどめる文書・資料の類は八〇点ほど残存し(*1)、この数は当時の一個人とすればむしろ多いほうである。これらの「証拠」からシェイクスピアの生涯の一部を復元してみることも可能だが、また他の一部は永遠の闇につつまれている。闇は、憶測をもってわずかに照らしてみるほかないだろう。

一六一六年四月二五日、シェイクスピアは故郷ストラットフォード・アポン・エイヴォンの地に埋葬された。これは埋葬登録名簿が残されているので事実である。亡くなったのはいつか？それについては、正確な日時がわからない。おそらく同月の二二日か二三日あたりだろうということになっている。

亡くなる三月前ごろ、シェイクスピアはどんな様子であったか。ストラットフォードの町なかでは二番目に大きいとされたニュープレイスの自宅で、窓越しに庭の枯枝なぞ眺めながら、日々に衰えゆく老いの身を養っていたことだろうか。近ごろ、心身の衰弱がはげしい、先はもう長くないのかもしれぬ、とシェイクスピアは覚悟したものか。――きっとそうにちがいない。さもなければ、ここらで遺言書を作ろうなど思い立つはずもない。

一六一六年一月の遺言書は、シェイクスピアにとってどんな意味をもっていたのだろう。頭がボケないうちに、きちんと整理をつけておこうと考えたか。あるいは、まず大ざっぱに押さえてから、後日あらためて細部に手を加えようと考えたか。あるいはまた、目下のところはっきりしない件があるから、それが確定したのちに書き換えよう、とでも思ったか。いずれにせよ、シェイクスピアは当初からこの遺言書を決定版とするつもりはなかったらしい。なぜなら、一月のこの遺言書に、シェイクスピアはサインをしていなかったようなのである。

たしかに現存するシェイクスピアの遺言書を見ると、ブロードシート三枚にわたるそれぞれの用紙の下方に自筆の署名が残されている。しかしこの署名は一月ではなく、それよりふた月後の三月になされたらしいことが、遺言書末尾の一行にはっきりと表れている。すなわち、本遺言書の真なるを証明するために「印を捺す」と書いておきながら（一月）、それを棒線で消して、「署名をする」に変えているのだ。この書き換えは三月になされたものだろう。一月の時点では印を捺すつもりでいたのに、それをやめて署名に変更したのは、なぜか。おそらく印形が紛失したからである。シェイクスピアは三月のそのときまで紛失に気づかなかった。あるいは、こうも考えられようか。一月当日のこと、弁護士の書記がシェイクスピアの口述にしたがって筆をはこび、最後の一行まで書き終えたところで、さあ、印を捺そうという運びになったものかもしれない。そこで、いや待て、ときた。このとき印形がないことに気づいたのかもしれぬ。ここですぐさま署名に切替えたものか。しかし、もしそうなら、一月の遺言書はやはり決定版であったというところへつながってしまうが、果たしてどんなものだろう。これを決定版とするには、その後の文言改変があまりにも多いこと、しかもそれが重要事項にふれた改変であることから、ちょっと無理がある。むろんこれらの改変が三月になされたという確証はないが、もし一月当初にこれだけの加筆があったとすれば、それはすでに下書きの類というべきだろう。シェイクスピアはやはり、一月の時点で、まずは遺言書草稿をつくっておくつもりではなかったか。いずれ近いうちに〈重要事項〉がはっきりとした形をむすぶにちがいないと考えたのではないか。その時期が三月に来た。あとから思えば、死ぬひと月前のことである。

紛失したくだんの印形について、一言ふれておきたい。この印形が、実は一八一〇年にストラットフォードはホーリー・トリニティ教会近くの原っぱで発見されたのである。WSのイニシャルをあしらった黄金の指輪印がそれであり、専門家の鑑定によれば、エリザベス朝時代の逸品であることにまちがいなく、当時のストラットフォードでこれほどの上物を所持してくだんのイニシャルをもつ人物となれば、シェイクスピアをおいて他にないという。なぜそんな場所に、今日の日本でなら実印とも目される大切な印形がころがっていたのか。

マイケル・ウッドが面白い憶測を打ちだしている(*2)。それによれば、シェイクスピアはある〈重要事項〉のため指輪印を指に着けて、ホーリー・トリニティ教会へと出かけた。冬の寒い日のこととて、手袋をしていた。すでに病身のシェイクスピアがわざわざ教会まで出かけるというのはよほどの重大事であろう。それはたぶん次女ジュディスの結婚式の日にちがいない。ときは二月の四旬節にあたり(二月十二日)、諸方から集まった参列者にシェイクスピアは手を差し伸べて握手したことだろう。そのとき手袋を脱いだにちがいない。ところがこの間シェイクスピアはめっきり痩せ衰えていたために指輪がゆるくなって、手袋といっしょに抜け落ちてしまった。が、それに気づかなかった、云々というわけである。あり得なくもないストーリーだが、もしこれが事実なら、一月の遺言書作成のときには印形がまだ手もとにあったことになる。印形がありながら、そのとき印を捺さずにひとまず納め、三月になって遺言書を改める際にはじめて印形の不在に気がついたという流れになる。結局、証明印のない一月の遺言書は不完全なものであり、いわば草稿であったと考えられようか。

ジュディスの結婚は、親として賛同しかねるものであった。男と女の理不尽な関係、理屈を超えた情熱のほとばしり、それやこれやについては自家薬籠中のテーマであったはずなのに、そのシェイクスピアにして、事がわが娘の問題となれば、どうしても悩みの種として引きずってしまった。それが三月の遺言書変更の一件にありありと映じている。

家族や身辺の人たちに金品を遺贈するにあたり、誰よりも先に次女ジュディスの名前を出しているのは、この娘のことがよほど気がかりであったからにちがいない。何が気がかりかといえば、ジュディスの結婚にからむ一件、さらにいえば、娘婿が気に入らなかったようだ。一月の遺言書で「ジュディスとその婿に一五〇ポンドを贈る」と定めたところが、三月には「その婿」を棒線で消している。ふた月のあいだに、どうしても許せない何かが起きたと考えるのが自然だろう。

トマス・クィニーというこの婿は町の呑屋（酒屋を兼業）をやっていたが、女ぐせが悪かったとみえて、よその女に手を出して子を産ませ、その出産がもとで母子ともに死亡するという不祥事を招いた。ときに同年三月十五日（埋葬）の事件として、これは裁判沙汰になり記録が残っている(*3)。クィニーは罪を認め、処罰され、しかも小さな田舎町のことだから、たちまち悪い噂がひろまったにちがいない。シェイクスピアがどれだけ肩身のせまい思いをしたか、察するに余りあるというものだ。

さて、シェイクスピアの遺言書はウォリックの弁護士フランシス・コリンズによって作成された。実際にこれを筆記したのはコリンズが連れてきた書記であったかもしれないが、要するに、シェイクスピアの口述によってこれが作成され、三葉から成る遺言書の各ページ末尾にシェイクスピアの署名が施された。この署名が実に弱々しく、力のないものであるために、シェイクスピアの健康状態が大そう悪かったにちがいないとたびたび指摘されてきた。おそらくその通りだろう。遺言書の一枚目筆頭に作成の年月日がラテン語で記されていて、まず一六一六年一月二五日に書き、それから同年三月二五日に書き直されているのがわかる。署名をしたのは亡くなる一ヶ月前のことだから、ピンピンしているはずもなく、弱々しい筆跡であっても無理はないだろう。

それにしても、シェイクスピアは何の病をわずらい、どんな様子で死を迎えたものか。その実態を裏づける証拠品が、もしかしたら今後出てこないともかぎらない。長女スザンナの婿ジョン・ホールはストラットフォードの町内ばかりか、近辺の町や村にあって、すこぶる評判の高い内科医であった。義父シェイクスピアとの関係も、察するところ悪かろうはずもなかったから、義父が重い病気にでもなれば、きっと診察したにちがいない。ところで、ホール医師は患者のカルテ（casebook）を長く保存し、その二冊あったとされるカルテ綴りの一冊が現存している。ホール医師の死後、ジェイムズ・クックという若い医者がホール医師の妻スザンナを訪ねて、例のカルテ綴り二巻を買いとった。カルテはラテン語で書かれていたので、クックはそれを翻訳して出版したが、どうしたものか一巻だけ紛失してしまった。現存する一巻のほうは、残念ながら一六一七年以降の診察を記録したものである（＊4）。もしや、一六一七年以前の失われた記録がひょっこり出てくれれば、シェイクスピアの死にからめてまことにドラマチックな話が浮上することになるだろう。

それとは別に、同業者のベン・ジョンソンが仲間と連れだってシェイクスピアを訪ね、痛飲したあげくにシェイクスピアは体調をくずして死ぬ羽目になったという、嘘か真かの話がある（＊5）。そのジョンソンの劇作『悪魔のバカ』（*The Devil is an Ass*）が一六一六年秋にブラックフライアーズ座で上演されたが、キャサリン・ダンカン＝ジョーンズ女史によれば、本劇の主人公フェビアン・フィッドットレルにシェイクスピアの最期が映じているとのことだ(＊6)。

遺言書作成時におけるシェイクスピアの健康状態は正確にはわからないが、もちろん遺言書を作らせる以上、やはり心身に異変を感じていたはずである。四年前に弟ギルバート（ストラッドフォード在住。小間物屋）を亡くし、その翌年には別の弟のリチャード（生業不明、ストラッドフォード在住）を亡くして、精神面においてもかなり参っていたのではないか。ちなみに愛する末弟のエドマンド（役者）は九年前にロンドンで没しているから、これで血を分けた兄弟姉妹は一人ジョウンのみが残された。シェイクスピアとして淋しくなかったはずはない。遺言書の冒頭には「完全なる健康と記憶力をもって」と謳ってあるが、これはいささか形式的な文言のようである。

遺言書の一枚目から二枚目にかけて、ジュディスを皮切りに家族の誰かれにそれぞれ金子を贈っている。ジュディスには一〇〇ポンドの結婚持参金と、遺産管理や借家の権利を姉スザンナに譲るかわりとして五〇ポンドを贈った上、さらに一五〇ポンドをやり、三年以内に死ねば、そのうちの一〇〇ポンドを孫娘のエリザベス（長女スザンナの娘）に、五〇ポンドを妹のジョウンに、その後はジョウンの三人の息子たちにめいめい五ポンドずつ贈ってくれというぐあいに、やたら細かい。金額のばらつきが見られるのは、シェイクスピアとの人間関係における軽重をおのずから示しているのだろう。当時の貨幣価値については大雑把にとらえておくほかないが、グローブ座の土間席が一ペニーで、これはビール一パイント分に当ったそうなので三、四〇〇円と考えて、その十二倍の一シリングは四〇〇〇〇円ぐらい、さらにその二〇倍の一ポンドは八万円強となろうか。一〇〇ポンドとか一五〇ポンドを個人に贈るというのは、当時としてなかなかの贈り物であった。

周囲の人びとにも、シェイクスピアはそれぞれ一定額を贈っている。ストラットフォードの貧者へ一〇ポンド、トマス・ラッセルには五ポンド、それから指輪を買うようにとハムレット・サドラーに二六シリング八ペンスを、ウィリアム・レノルドに同額を、また名付け子のウィリアム・ウォーカーに金貨で二〇シリングを、アントニー・ナッシュとジョン・ナッシュにそれぞれ二六シリング八ペンスを贈っている。彼らはみな近隣の友人たちで、なかには古くから家族ぐるみで付合ってきた一家もある。ハムレット・サドラーなどは、その妻の名がジュディスであり、彼ら夫婦はシェイクスピアの双子の名付け親でもあった。フランシス・コリンズには十三ポンド六シリング八ペンスを支払うというが、これは遺言書作成の費用であろう。当時の相場としては高い額だが、コリンズも昔からの友人であった。金銭ばかりでなく、孫エリザベスには「銀メッキの深皿」を除くすべての食器類とか、トマス・コムにはわが剣を贈るなどと品物を指定している。剣を贈るのは格別の親愛のしるしであった。

しかし、何よりも注目すべき一件が、遺言書二枚目の上から三分の一ぐらいの行間に書き加えられているのである。ここにジョン・ヘミングズ、リチャード・バーベイジ、ヘンリー・コンデルという三人の名があり、それぞれ指輪代として二六シリング八ペンスが贈られている。シェイクスピアは思い出したようにこの三人を挙げているが、一月の時点ではすっかり忘れていたというのだろうか。いや、そんなはずはない。三人は長年の苦楽をともにした国王一座（もと宮内府侍従卿一座）の劇団仲間であり、そもそも記念の品を贈るぐらいのことがあっても不思議はないのだが、問題はなぜ、彼らが一月の遺言書ではなくて、三月になっていよいよ浮上してきたかという点だ。この加筆がまちがいなく三月になされたとすれば、このふた月のところで、シェイクスピアと彼ら三人とのあいだに何かがあったのではないだろうか。もっと端的にいうなら、二月か三月にシェイクスピアは彼らと会って、たとえば何か頼みごとをして、その御礼としてくだんの贈物をここに記したのではないか。その何かとは、いったい何か。

ここで、ジョン・ヘミングズとヘンリー・コンデルについて特筆しておかねばならない一件がある。この二人はシェイクスピアの死後八年たってから、初の『シェイクスピア戯曲全集』（『第一・二つ折本』）を編集・刊行した人たちである。三人目のリチャード・バーベイジは一六一九年に死去しているために、編集の仕事に加わることができなかった。しかしバーベイジは、一六一六年の時点で編集の一件を承知していたのではなかったか。この間、何かあったにちがいない。ひとつ、べらぼうな憶測による大胆なシナリオを考えてみよう。

一六一六年早春、いよいよ冬の寒気もゆるんだ頃、三人の役者仲間が、かつての同僚であり尊敬する芝居書きのウィリアム・シェイクスピアを、ロンドンから徒歩四日のストラットフォードに訪ねた。どうも体調がすぐれないという話なので、病気見舞いを兼ねて、ある重大な一件を相談するためにやって来たのであった。面会して久闊を温めていたところ、談たまたま遺言書の件におよび、シェイクスピアはすでに遺言書を用意しているという。それを聞いた三人の客人らは、事はますます急を要するとばかりに、このたびの訪問の大きな目的を告げた。それは、ライバルともいうべき当代の人気作家ベン・ジョンソンが近く『戯曲集』を出版するという話である。しかもたいへん豪華な二つ折本で、これをもってますます世間の注目を集め、よってシェイクスピアを遠く背後に引き離そうという目論見らしい。いや、そんなことを許しちゃいけませんよ、と三人はシェイクスピアにも全集の刊行をつよく勧めた。シェイクスピアとしては、出版のことなどまるで興味がない。しばらく押し問答がつづいた。まあ、君たちがそこまでいうなら仕方ない、とシェイクスピアがとうとう折れた。自分はご覧のとおりの病身だ、全部まかせるから、君たちの好きなようにやってくれたまえ。そんなふうにお願いしたあとで、シェイクスピアは三人のご苦労に報いるべく指輪代金として二六シリング何がしかを思いついた。先述した通り、グローブ座の土間席一ペニーからやや強引に換算すれば、二六シリング八ペンスというのは一ポンド六シリング八ペンスだから、この御礼はざっと一〇万円程度といったところか。

『第一・二つ折本』が出版された一六二三年初冬に早速一巻を購入したサー・エドワード・デリングなる人物の家計簿のごときが残っている。そのなかから幾つか拾ってみると、手袋が一シリング、レモン数個が三ペンス、観劇に一シリング、理髪に六ペンス、洗濯代に一シリング、というような支出例がうかがえる(＊7)。現代の金銭価値に引き移してみる上で参考になるかもしれない。今日われわれが観たり読んだりするシェイクスピア戯曲の多くが、直接あるいは間接にこの『第一・二つ折本』に依拠していることを思えば、一六一六年春先のこの四者会談は実に意義ぶかいものであったといわざるを得ない。――あくまでこれは憶測にすぎないが。

シェイクスピア戯曲全集の刊行については、別の説があるのも事実である。トマス・ペイヴィアとウィリアム・ジャガードが一六一九年にシェイクスピア選集を一篇一冊ずつの四つ折本で出版した。ところがこれは甚だ杜撰な編集であったから、旧友の名誉に傷がついてはならんとしてヘミングズとコンデルが立ち上がったという憶測がある。しかしそれだけの理由で、あの大作完成の一大事業に踏みきれたものだろうか。なにしろ三六篇の戯曲を一つ一つ、元原稿だか校正刷りだか、場合によっては台本の切れ端とか手稿（foul papers）などをたどりながら編集作業を進めていかねばならない。三六篇のうち十九篇までが、すでに単行本（四つ折本）で出版されていたが、あとの十七篇は拠りどころになる先行版本がない。そのなかには『マクベス』も『テンペスト』も、『十二夜』も『アントニーとクレオパトラ』も含まれていて、もし上記ヘミングズとコンデルの努力がなかったなら、十七篇のシェイクスピア戯曲は闇にうもれたまま、おそらく永久にわれわれの目に触れることがなかっただろう。一六二三年の『シェイクスピア戯曲全集』刊行がどれほど偉大な事業であったか、これはいくら強調しても足りるものではない。

この『二つ折本』はその後十七世紀のあいだに三回改訂されているが、二三年当初のもの（ファースト・フォリオ、略記F1）にその後の版はみな準拠しつつ特色を出している。十八世紀初めのニコラス・ロウによる校注戯曲全集（全六巻）もそうだし、同世紀後半のサミュエル・ジョンソンによる全集もそうだ。『第一・二つ折本』が刊行されていなかったなら、後世の観劇も文学研究も、まずまちがいなく、今ほど豊かで充実したものにはなっていなかっただろう。

ところで『第一・二つ折本』は一〇〇〇部前後印刷され、そのうち二四〇冊ほどが現存しているといわれる。最近のオークションでは五億円もの値がつく稀覯本だが、わが国でこれを所持しているのは明星大学の図書館だけである。しかも贅沢なことに、十二冊までも持っている。そのうちの一冊には、ページの余白に当時の読者による書き込みがそのまま残っていて、とりわけ興味ぶかい(＊8)。『第一・二つ折本』の出版当時は綴じ本が一ポンド、無綴じが十五シリングの値段であったが、これを即座に購入できた人はやはり一部の富裕層だけにかぎられたはずである。

『第一・二つ折本』の刊行がベン・ジョンソンの企てに触発されたものと考えたくなる一つの根拠が、実は本全集のなかに感知される。扉に付された「読者へ」の一言、および巻頭に見える有名な「序詞」、あの皮肉味をきかせたシェイクスピア讃仰の詩は、ジョンソンその人によって書かれたものだ。この出版にはジョンソンも一枚嚙んでいたことになる。ヘミングズとコンデルとジョンソン、彼らの交わりがどこかの時点で新しいエネルギーを合成してシェイクスピアの心をついに動かしたというふうに憶測してみたくなるわけである。

閑話休題、遺言書の中身にもどろう。周囲のさまざまな人たちに指輪代とか金貨などを贈与したわけだが、なかでもシェイクスピアがいちばん信頼して後事を託したのが長女スザンナである。遺言執行の円滑なはこびを任せて、ニュープレイスの家はもとより、ヘンリー通りの生家、ロンドンのブラックフライヤーズの家（使用権）から、納屋だの厩だの、果樹園、庭、畑などをみんなスザンナに譲渡している。さらに驚くべきことは、スザンナの死後はその財産を長男に、その後は長男の子供たち（男子）に、それらの子孫がなければスザンナの次男に、つづいてその子孫へ、子孫なき場合にはスザンナの三男へ、それも叶わなければ四男へ、五男へ、六男へ、七男へと、相応に処置すべきことを煩いほどに書きつらねている。ここに目立つのは、男子継承にむけての強烈な願望である。かつてシェイクスピアが着々と地歩を固めていったその矢先に、長男ハムネットの死にぶつかった（一五九六年）。それこそ、彼の人生を根底からゆさぶった一大事件であったにちがいない。ハムネットを除く他の子供たちは二人とも女子であり、ここで男子継承の糸が断ち切られて、シェイクスピアはいかほど耐えがたい絶望感に見舞われたことか。ときに三二歳の壮年期にあり、年上女房のアンは早くも四〇歳に達していた。四〇の女がさらに子を産むのはもう遅すぎるか、あるいは否かという議論もあろう。仮に遅くないとしても、二人の夫婦関係はもはや冷えきってしまっていたものだろうか。ともあれ、彼ら夫婦のその後に新しい子はない。シェイクスピアにとって男子継承がどれほど重大であったか、それが遺言書二枚目の末尾にはっきりと表れているのである。悲しいかな、あれだけ激しく一家に男子誕生を夢見ながら、実際スザンナに授かったのは一人の娘、エリザベスきりだった（巻末・家系図参照）。

遺言書三枚目に至っては、スザンナの筋に前記の後継者が出なければ、いよいよ次女ジュディスの男子後継者に遺贈する旨を記している。そうして、妻には二番目に上等なベッドを付属品とともに贈るとしているのだが、最後になってようやく妻への贈与に言及するというのはいかがなものか。しかもこの件は三月（憶測）になって行間に追加された。これはやはり、妻との関係が芳しくなかったことの証拠とも読める。もちろん、事実はどうであったかわからない。当時は夫の死後、その妻に三分の一の寡婦産（widow's portion）が遺贈されることになっていたので、妻の処遇については遺言書のおもてに表れにくいともいえる。「二番目に上等なベッド」にしても、アンの結婚前に父親が遺言して「客間にある二つのベッドを手放すなかれ」と命じたことから、ベッドの一つだけを嫁入り道具に持参したのかもしれない。嫁の動産は夫のものになるから、シェイクスピアは死にのぞんでそのベッドをアンの所有に戻してやるつもりだったとも考えられる。しかし、それならば、「一番良いベッド」は何処へいってしまったのだろう。シェイクスピア臨終のベッドあるいは客用のベッドがそれであったか。いずれにしても、その後の行方がわからない。

もう一つ、シェイクスピアがニュープレイスの家を購入したのは一六〇二年であるが、引退してロンドンを去り、ストラットフォードに帰ってきたのは一六一四年である。その間の十二年間にあって、ニュープレイスにはいったい誰が住んでいたのだろう。妻のアンが先にここへ引越して、夫の留守宅をまもりながら、じっとその帰宅を待っている、夫はロンドンでどんな朝晩を送っていたものやら、いつまで待っても帰らない。このような一家庭の図を思い浮かべてみると、シェイクスピア夫妻の在りし日の姿が、おぼろながらに見えてくるような気がするのである。

遺言書三枚目にふたたび次女ジュディスの名が出て、二枚目で孫のエリザベスには与えないとした「銀メッキの大皿」をジュディスに贈っている。この皿は特別の品なのだろうか。これもよくわからない。

義理の息子のジョン・ホールと長女スザンナには、借金や葬式費用を完済したのち、他の品物すべて、宝石、日用品のいっさいを譲渡するとのこと、最後には友人のトマス・ラッセル氏とフランシス・コリンズ氏を遺言管理人に指名して、この遺言書を最終かつ決定版とする意向を示している。左下には五人の立会人の名が連ねてある。そのうちの二人、ジョン・ロビンソンとロバート・ワットコットはシェイクスピアのまたは義理の息子ジョン・ホールの召使いであったようだ。

ところで、遺言書一枚目の末尾左下に、二枚目では右下に自署があり、三枚目では右下に"By me William Shakespeare"の署名がある。先にも述べたように、この三つの署名は現存するシェイクスピア真筆の数少ない例として貴重である。この他には、訴訟の宣誓証書の署名が一つ、不動産の譲渡証書の署名が二つあるだけとされてきた。

ところがここに、シェイクスピアの筆跡にちがいないという原稿の一部が出てきた。この原稿は十八世紀前半に発見されたが、同世紀半ばに所有主のオックスフォード伯が死んで、その夫人が大英博物館に売却した。これがシェイクスピアがらみで騒がれだしたのは一八四〇年にシェイクスピア学会が創設されてから後のことである。やがて原稿の一部にシェイクスピアの手が入っているのではないかという疑問が起こった。専門家のあいだで盛んに議論され、あらゆる角度から調査され、しまいにはコンピュータまでが登場して、近年になってようやく結論らしきところまでたどり着いた。『サー・トマス・モア台本』と称ばれるのがそれであり、原稿の書き手はアントニー・マンディというシェイクスピアよりも十一歳年長の劇作家である。この劇作は一度も上演されることなく、生原稿のまま打ち棄てられていた。二つ折用紙十三枚、五二ページにわたる原稿である。原稿の筆跡からして、マンディの他に五人の加筆者があったことはまちがいない。筆跡別にこれをA、B、C、D、Eと分類するなら、筆跡Dがどうやらシェイクスピアのものであるらしい。この筆跡が混入している箇所は第二幕第三場の初めから一六〇行ほどで、都合三ページにおよぶ。この台本が一度も上演をみなかった理由として、宮内饗宴局長エドマンド・ティルニーによる検閲で却下されたからという説がある。この芝居の内容には暴動やカソリックの殉教などが含まれていることから、政治的宗教的に危険視されたためだろうか。たしかに、本原稿頭部に記されたティルニーの指示書きによれば、暴動のくだりをすべて削除せよとある。

いや、それにしても、世の平穏を乱すような公序良俗に反する芝居ということなら、むしろシェイクスピアの多くの作品が検閲に引っかかっても不思議はないだろう。当時の検閲の実態とはいかがであったか、という問題にもなる。しかし今、これに深入りする余裕はない。興味のある読者は、早稲田大学演劇博物館発行『演劇映像学２０１２』所収の一論文「エリザベス朝・ジェイムズ朝に於ける演劇検閲の実態」を参照されたい。

『サー・トマス・モア台本』の筆跡鑑定には、現存するシェイクスピア真筆との照合を欠かすわけにゆかず、ここに遺言書三枚に施された自署が役立ったことはいうまでもない。このように遺言書一つが、さまざまな意味を内包しながら、暗黙のうちにわれわれに多くのことを伝えてくる。誰に何を、いくら贈ったかというような直接の情報以外にも、その裏にひそむ互いの人間関係や、移ろいゆく日々の感情や、苦悩や、生活面のもろもろが行間にひっそりと沈んでいる。最晩年のシェイクスピアの生々しい声が、遺言書の底から聞こえてくるではないか。

シェイクスピアの生涯については、われわれの知りたい事実をじかに照らし出してくれる肝腎の証拠が欠損していて残念に思うこと少なくないが、しかし機械ならぬ人間には特別の能力が備わっている。証拠や資料の集積ばかりに頼るのではなく、それらを超えて、それらに生命(いのち)を吹き込むためには、何はあれ、受け手の想像力こそがもっとも必要とされよう。かくてシェイクスピアの大部の伝記が、また浩瀚な研究書が、意欲に富む多くの書き手の筆先から湧き出すという次第になる。それらのページのなかにわれわれは、みずみずしい想像力の活躍を読むだろう。

(注)
(＊1) ロンドンの Public Record Office に三五点、ストラットフォードの Shakespeare Birth-

place Trust に三〇点、その他の機関にそれぞれ四点以下の文書が保管されている。詳しくは Bearman, Robert. *Shakespeare in the Stratford Records*. Alan Sutton Publishing（1994）参照。

（＊2）Wood, Michael. *In Search of Shakespeare*, BBC（2003）p.337.

（＊3）Brinkworth, E.R.C. *Shakespeare and the Bawdy Court of Stratford*. Phillimore & Co.,（1972）pp. 78-80 および p.143 参照。 裁判が行われたのは三月二六日で、この前日にシェイクスピアは遺言書を書き改めた。

（＊4）Lane, Joan. 'Introduction' to *John Hall and His Patients*. The Shakespeare Birthday Trust（1996）参照。

（＊5）ストラットフォードの牧師であったジョン・ウォードが一六六一年から同六三年まで日記を遺しており（C. Severn. ed,*The Diary of John Ward*. 1839）、そのなかにシェイクスピアの最期に触れた記述がある。友人らと大酒を飲み、発熱して亡くなったというが真偽のほどはわからない。

（＊6）Duncan-Jones, Katherine. *Shakespeare: An Ungentle Life*, Methuen Drama（2001）pp. 317-8.

（＊7）Smith, Emma. *The Making of Shakespeare's First Folio*, Bodleian Library（2015）p.72.

（＊8）Yamada, Akihiro（ed.）*The First Folio of Shakespeare*,Yushodo（1998）参照。

人心を動かす遺言

シェイクスピアの悲劇『ジュリアス・シーザー』に遺言書が出てくる。

古代ローマの勇将ジュリアス・シーザー、その威光あたりを払う絶頂期の政界模様が、まずこの劇の前半部を占める。そうして、第三幕のはじめにはもうシーザーが暗殺されてしまうわけだが、当人不在でもその魂は最後まで劇中に揺曳（ようえい）しているように思われる。シーザーは死んでいながら、なお生きているのだ。ある意味では、シーザーの魂にふりまわされる周囲の人間たちが、この劇の後半部を飾っているにすぎない。シーザー暗殺直後のブルータスとアントニーの演説はもとより、両軍がぶつかる野戦場にシーザーは幽霊となってあらわれ（第四幕第三場）、ブルータスの死ぬ間際には、シーザー暗殺の瞬間がよみがえる（第五幕第五場）。シーザーは劇中にあり、ずっとこの劇を動かしているのだ。

シーザーはかずかずの武勲をたて、国びとから神のように崇められ、みずから「われは北極星のごとく不動なり」（第三幕第一場）と豪語して側近の者どもをちぢみ上がらせた。ときに、北極星をうとましく思わない周りの群星が、果たしてなかっただろうか。いずれもみな、その威光を浴びて霞むほかはなかったのだろうか。人間の本性を凝視するシェイクスピアの眼が、ここで光った。そうして芝居は山場にさしかかる。――「三月十五日に気をつけろ」と。

事をなすにあたっては、キャシアスがシーザーへの不満をあおり立て、共感する者どもを集め、さらに迷いつづけるブルータスの気持に火をつけた。ブルータスはとめどなく迷った。暗殺という、一つの明快な政治的決着に達したあとでも、まだ迷える男がいる。行動が速やかにはじけて終わるのではなく、後悔やら悲哀やら、永続するジレンマがいつまでも暗い影を引きずる。こんな男の心の内側は、表から決して見えるものではないが、しかし劇は人間心理の闇へと内向せずに、あくまでも明るい表層をすべっていく。シーザー暗殺直後のブルータス演説をみてほしい。どこまでも内面のジレンマを隠しながら、いかにも決然と、すがすがしく、このたびの決起の拠って立つところを弁じているではないか。人は知らず、ブルータスの心内にどれほどの大波が揺れさわいでいたことか。

ブルータスは故国ローマの民にむかって呼びかける。今しがたシーザーの胸をこの手で刺したばかりだ。人びとは自分らの神が殺められたとして混迷のうちにある。この局面に接して、ブルータスのような男にいったい何がいえただろう。どんな言葉が彼の口からとび出したものか。ここで私たちはシェイクスピアの原典に返らなければならない。

――ブルータスはいう。このような暴挙に出たのは、シーザーを愛さなかった故ではなく、シーザーその人よりもっとローマを愛したからだ、と。ならば、二つの愛は両立しないというわけか。一を採るなら他を排すべきか。その通りである。ブルータスの弁明にはそういう論法がはたらいているだろう。さらにブルータスは「野心」(ambition)という危険分子をシーザーの近況に認めて、これが故国の存立を危うくするのだという。国を愛さない者がこの場にいるか。いるならば名乗り出てほしい、というぐあいに話が熱を帯びる。国を愛するとは、自分らの生活をまもることであり、ローマの市民にとってこれは切実な問題であるはずだ。それの対極に、シーザーの野心がある。そちらはシーザーの私利私欲につながっているが、我と彼と、諸君は二つのうちのいずれを採るか。答は簡単だろう。そんなふうに畳みかけられていくわけだが、しかし事実、シーザーにそこまでの野心があったものかどうか、ブルータスの演説にそれを立証するような言葉はない。かわりに、「この国が死ねといえば、シーザーを刺した同じ剣で、われも死のう」と悲壮な覚悟をぶつけて、いわば感情的に人びとの心をゆさぶるのである。実際、この最後の台詞にこそブルータスの胸中ふかく秘められた真情が映じているはずなのだろう。ブルータスは正直のところ、ここで死んでしまいたいほどの苦境にあったのではないか。第五幕で戦い敗れた山中にあり、自害して果てるときのブルータスの口を衝いて出た言葉が、「シーザーよ、今ほどにさわやかな気分であなたを刺しはしなかった」というものである。死は、ブルータスにとってまさに救いであった。

一方、ブルータスにつづくマーク・アントニーの演説はどうか。こちらはずっと曲物である。両者の共通点といえば、どちらも人びとの気持を一定の方向へ、しかも以前とは逆の方向へ転ずるところにある。そもそも政治演説とはそういう性質のものであり、そこでは何よりも、聴衆の琴線にふれる強力な言葉が用意されていなければならない。ブルータスの演説がそうであった。しかし、言葉だけで充分だろうか。マーク・アントニーによれば、「自分はブルータスみたいに話し上手ではない」のだそうだが、これは謙遜というより、言葉の力など高が知れたものだと嘯いているように聞こえる。言葉を超えて、さらに有力な武器がほしい。人心をがっちりと押え込み、動けなくしてしまうためには、言葉の力だけでは足りぬ。先のブルータスの演説がその弱点を露呈しているではないか。アントニーとしては、敵の裏側から迫り、ブルータスは「高潔な人だ」ともち上げておいて、そのブルータスがシーザーを「野心のかたまり」というのだから、きっとその通りでしょう、と結ぶ。しかし本心では、しゃらくさい、と突き放したいところなのだ。言葉なんか信用できるか、とぶつけてやりたいくらいだろう。そこでもち出されたのが「遺言書」である。

マーク・アントニーがなぜシーザーの遺言書を入手できたのか、という点は穿鑿しないことにしよう。「彼の衣装箪笥のなかにみつけた」といっているわけだが、シーザーの妻カンパーニャから騙し取ってきたのかもしれない。いや、それどころか、まったくのニセモノかもしれない。民衆との話合いのなかで、「シーザーの印形が捺してある」と二度もくり返しているのは、本物であることをむやみに強調せねばならぬ弱みがあったのだろうか。しかし、これにはこだわるまい。おかしなことに、民衆の誰一人として、この遺言書を自分の目で確かめようとしないばかりか、彼らはアントニーにそれを早く読んでくれと迫るばかりである。

劇中、アントニーは実に巧みに遺言書を活用している。はじめのうちはそれを取り出して見せるだけで、中身にはふれない。肝腎の中身については、じりじりと引き延ばして、ここぞというときに開陳しなければならぬ。トランプのジョーカーも、機が熟さないうちに出してしまっては意味がないのだ。「これを読めば、諸君はきっと興奮のあまり気がくるってしまうだろう」とやら、一同の逸る気持を抑えてかかる。そうして、今度はそばに安置されたシーザーの遺骸へと人びとの関心をずらす。実はこの遺骸も、遺言書とはまた別の意味で、言葉を超えたある種の感情に人びとの心を導いていくはずだ。さて、血染めの衣におおわれた遺骸が、ここにある。アントニーはそれを指差して、かの暗殺の瞬間を事細かに描写してみせるのだが、奴さん、その場に居合わせなかったのではないかと茶化してやりたい。しかしそれは野暮というもの、民衆はもう冷静ではいられないのだから。アントニーの言葉はシーザーの死の瞬間をドラマチックに描きあげ、大いに雰囲気を盛り立てたところで、いよいよ覆いをのけ、シーザーの死顔をみんなの目前にさらす。「謀叛だ、奴らに報復を！」という叫びが湧き起こる。だが、話はまだ終わらない。

遺言書の一件はどうなったか、ということになる。人心を操るアントニーとしては、ここまでくればもうシメたものである。くだんの羊皮紙をうち開いて、おもむろに中身を読んで聞かせる。

なんと、ローマ市民のめいめいに七五ドラックマ（一ドラックマはおよそ熟練労働者の日当）を贈るという。加えてシーザーの所有になる散策路、東屋、植樹をすませた果樹園を、市民とその子孫の遊興のために贈るとしたためてあるではないか。感極まって泣きたくなるような話である。

こうしてアントニーは人びとの心をがっちりと押え込んでしまった。ブルータスの唯一の砦であった「シーザーの野心」は打ちくずされ、虚ろな言葉として空中分解する。いったい、両者の差はどこにあるのだろうか。こうして二つを並べてみれば明らかなように、ブルータスの「虚」にたいしてアントニーの「実」が、人心を動かす上で大きな差を生んでいるのだ。あるいは地上の「実利」が、天まで届く「うるわしの声」を凌いだといってもいい。遺言書とは、地上の価値に結ばれて、人びとの心に直接訴えてくるものなのである。

遺言書の効力を導入したのはシェイクスピアの独創であったかといえば、そうではない。シェイクスピアが材源に用いたのはプルタークの『英雄伝』である。その一章「ブルータス」のなかにシーザーの遺言書がすでに言及されている[*1]。ローマの市民すべてに七五ドラックマと、タイバー河のむこうの庭園を贈与するとあり、これを聞いた市民たちはシーザーの死を悼むことしきり、そのあとにアントニーがシーザーの遺骸を披露したところで市民らの悲しみと憤りが沸点に達するという話だ。このくだりをていねいに読めば、プルタークとシェイクスピアそれぞれの作は筋立てが同じように見えて、実は微妙にちがうのがわかるだろう。シェイクスピアは遺言書と遺骸とを逆の順序に置いた。しまいに人びとの怒りに火をつけたのは遺言書であって、遺骸は遺言書の力をあおり立てるための触媒にすぎない。シェイクスピアは遺言書の力を重くみたのだ。

また一方、遺言書には「贈る者」と「贈られる者」の関係が明らかにあらわれる。シーザーの遺言書では、市民のめいめいに等しく七五ドラックマを与えるとしているから文句はないが、ここでいただくものに格差があったりすると厄介になる。えこ贔屓、追従、二枚舌、嫉妬、恨み、うちつづく不和と確執、というような人間関係のどろ沼に落ちかねない。贈る者と贈られる者、また贈られる者どうしのあいだには、常にこのどろ沼の危険がひそんでいる。ところが、この危険地帯にいささか鈍感な王があった。リア王である。

リア王は遺言書こそしたためなかったが、遺言書に喩えられるべき内容を口頭で、しかも生前にあって披露した。三人の娘たちに財産を譲り渡しておこうというのだ。自分はさっさと身軽になって、のんびり余生を送りたいと考えた。ついては、三人の娘それぞれに譲る分をどのようにして決めたらよいか。めいめいが三分の一をもらうとすれば問題はなかったのに、王は先ゆく不安もあってか、「わしをどれほど愛しているか」と問うた。言葉をもって表明せよという。言葉は「虚」である。ウソでもデタラメでも、いかようにだって飾ってみせることができる。王は娘たちにそれをやってみよと命じたわけだ。上の二人、ゴネリルとリーガンはよろこんで王の求めに応じた。王は二人の巧言にすっかり気を良くして、領土の大半を惜しみなく手放す。ところが末娘のコーディーリアの番へきて、「申すべきことは何もありません」（Nothing）というので、王からすれば、自分をちっとも愛していないと受け取るほかはない。リア王の怒りと失望の一言、「無から生れるものは無しかないぞ」(Nothing will come of nothing) は強いひびきをもって迫るが、このあたりの親子のやりとりをよく吟味してみると面白い。

コーディーリアは言葉の「虚」というものを知っている。生きてゆくためには、もっと実利のあるものをつかまなければならない。それもよく知っていたはずだ。バカな父親を相手に言葉と戯れているよりも、良き伴侶を得るのが先決だとばかりに、コーディーリアは迷わずフランス王のもとへ嫁いでいったともいえる。リア王は問いかけに応じてくれない娘を捨てたつもりだが、実は自分のほうが捨てられたのである。おまけに、きれいごとを並べたてた二人の娘たちからも捨てられた。「贈る者」と「贈られる者」との人間関係がこんなふうにくずれ、分裂し、不幸な顚末へと墜ちていくのだが、その原因に遺産がからんでいるのは人生の悲しい真実かもしれない。何が、このような悲劇を生むか。ひとつ、言葉への過信が考えられよう。言葉の「虚」なる力に酔い、それを信じ込んでしまったリア王は、コーディーリアの厳しい一言に接してもまだ目がさめなかった。コーディーリアは言葉の「虚」をはじめから知っている。だから、その先もう何もいわない。言葉と言葉がまったく嚙み合わない、というよりも言葉についての認識が嚙み合わないのだ。《遺言書もどき》がちっとも人心を動かすことのない例を、われわれはコーディーリアの反応のうちに看て取るだろう。遺言書はその効力を発揮せず、空振りに終わってしまっている。愚かにも扱い方をまちがえたからであり、言葉を甘くみて信じすぎたからであり、そのツケが、ほどなくリア王の身上に降りかかる。恐ろしいどろ沼にはまってしまうのである。王の悲痛な、やり場のない憤りと煩悶と後悔の叫びを聴こう。

娘たちに冷たくあしらわれた父親が、嵐の荒野に立ちつくして叫ぶ。「風よ、吹け、頬を吹き破れ！（第三幕第二場）」（Blow, wind, and crack your cheeks!）に始まる有名なせりふから、目玉をくり抜かれたグロスターとしんみり語るリア、「人はみな泣きながら生れてくる。バカ者どもの群れなすこの世に生れたといってな（第四幕第六場）」（When we are born, we cry that we are come/ To this great stage of fools.）、そして最後にはコーディーリアと再会して、いっときの幸せをつかんだものの、コーディーリアは敵の手にかかって殺されてしまう。父親の悲しみは深い絶望にまで増幅される。

なぜ犬が、馬が、ねずみが生きているのに
おまえは息をしないのか、もう戻ってこないのか
もう、どうしても、どうしても、おしまいか、ああ！
君、たのむ、このボタンを、うん、ありがとう
ほら、見てごらん、この娘を、この唇を
見てごらんよ、見てごらん！

（第五幕第三場）

Why should a dog, a horse, a rat, have life,
And thou no breath at all? Thou'lt come no more,
Never, never, never, never, never!
Pray you, undo this button; thank you, sir.
Do you see this? Look on her, look, her lips,
Look there, look there!

ここでリアは絶命する。この瞬間に彼は悟ったのだろうか。人生の愚と、悲哀と、虚しさと、すなわち、人生とは何かという簡明な一片の真実を悟ったものか。われわれとして、この老人の心懐を実感できれば、劇作『リア王』の最も濃厚にして肝腎要のエッセンスを理解したことになるだろう。

なんと、トルストイはついにこの実感にまで達しなかった。トルストイは若くしてシェイクスピアの全作品を読破したという。ちっとも良いと思わなかった。世間がなぜシェイクスピアをもち上げるのか、それは伝染病に罹ったようなものだといっている。その後、七十路を越えて、もしや自分の読みがまちがっていたのではないかと不安になった。改めてシェイクスピアの全作品を読む。ロシア語で読み、英語で読み、ドイツ語でも読んだ。しかし、やっぱり頂けない。シェイクスピア劇の欠陥がますます鮮明に見えてきたという。わけても『リア王』の駄作ぶりは腹にすえかねたとみえて、その欠陥を一つ一つ指摘している(*2)。この劇作にあっては、まず「動機」があいまいだと批判する。リア王はなぜ早々と財産を手放さなければならなかったのか、なぜ娘たちの愛情を言葉で確かめねばならぬのか、それらの理由がみな欠損しているというのだ。『リア王』の種本に『レア王』(King Leir)という劇があるが、ジョナサン・ベイトによれば、種本には「動機」がはっきりと書いてあるそうだ。リアの妻が死んだという一事である。それによって王自身も死出の旅にむかう準備を考えた。余生を安穏と生きるためなのではない。トルストイからすれば、昔の種本のほうが理にまさり、作品として優れているという話になるのだろう。しかしジョナサン・ベイトは巧いことをいっている。「シェイクスピアの人物はレシピではない。料理そのものだ」(*3)。この比喩は劇作品の読み方にまっ直ぐつながる二つの異なった視点を示してくれるだろう。料理のつくり方にむかうべきか、料理そのものにむかうべきか。

トルストイの批判はさらに、『リア王』に宗教観念が欠如している点、そして何よりも「誠実」(sincerity)に欠ける点に及んでいる。後者についてジョナサン・ベイトは、劇作に「誠実」を求めるのはまちがいだ、「劇作品の要とすべきは不誠実(Insincerity)にこそある」と反論している。ここで誠実、不誠実といっているのは、一つには芸術のジャンル上の特質にからむことだろう。また一つには、個々の作家の制作方法に関係するだろう。小説は人生のありのままを精細に描こうとする。とくにリアリズムを奉じる小説はこぞってその方向をとる。「誠実」という概念もそこから生れてくるものだ。かたや演劇は人生の局面を切り取って舞台にのせるわけで、人生の偽らざる全貌がここにありのまま表出されるものではない。一面の強調と、暗示と、比喩の力によって演劇はリアリズムを超えていく。すなわち、リアリズムの側からすれば、まことにもって「不誠実」というほかはない。

トルストイは真面目に誠実に、偽りなき芸術を旨とした。シェイクスピアは仮面をかぶり別人を演じるところに人生の真実を求めようとする。結局、相容れない二つの資質がここに衝突しているのだ。いうなれば、トルストイはリア王のあの叫びを、人生の闇底から立ちのぼってくる、細い悲しい叫びを、生身の人間の叫びとして聞かなかったということになる。それよりむしろモラルの欠如が生みなす大芝居と読んだ。皮肉というべきか、ついにシェイクスピアを受付けなかったトルストイにして、自身の人生末路が、いかにもリアその人を想わせる苦悶の日々であったとは。

遺言書の話に戻ろう。遺言書のなかでも、歓迎されざる遺言書がある。「贈る者」からのある種の規制が、要求が、「贈られる者」の自由をしばってしまうような類である。今ならば、相続放棄とか拒否とかで、不都合な贈り物をもらわずにすむだろうが、時代や文化を異にすれば、人間関係の文目（あやめ）が奇妙に入り組んで、一筋縄ではいかぬ場合がある。人間の人間たる所以であるのかもしれない。たとえば、『ヴェニスの商人』にポーシャという若い娘が登場する。

ポーシャは亡き父親の遺言にふれて嘆きを隠せない。お付きの女中ネリッサにむかって、こんなふうにこぼす。「ああ、生きている娘の意思（will）が、死んだ父親の遺言（will）に制約されてしまうなんて」（第一幕第二場）。これは何の話かといえば、結婚の一件なのである。ポーシャは容姿うるわしく女性の魅力にかがやいているような娘であったらしく、諸方の男性らが放っておかない。結婚話があれこれ舞い込んで、ナポリの王子様だのフランスの殿方だの、イギリスの男爵やらスコットランドの旦那やらドイツの公爵の甥っ子やらが、われこそとばかりにポーシャの愛を求める。こんなにモテては目移りして困るだろうといいたくなるが、本人はいい気なもので、あの人は馬の話ばかりでイヤ、あちら様はお顔が陰気くさいのでイヤ、あのお方は乱暴でケダモノみたい、といずれも難癖をつけて相手にしない。そこへもって、亡父の遺言がポーシャの胸に重くのしかかる。できるものなら、自分の好み一つで伴侶を選びたいのだが、しかし父親がそれを許さない。

とかく結婚ともなると親が干渉してきて、話がこじれ、親子間に溝をつくってしまうことも少なくないだろう。古今東西、さして変わりはしない。けれどもポーシャの場合には、親の干渉にしても、すでに死んだ父親が出しゃばってくるのだから、さらにタチが悪い。すなわち、近づいてくる男たちに三種の箱を示して選ばせろというのである。金、銀、鉛の箱には、それぞれ謎かけの文言が記してある。いずれを選ぶかによって、その男の偽らざる本性も見えてこよう。もっともしっかりした男性が、三つの箱のうちの一つに正解を選び当てることになるだろう。その箱のなかにはポーシャの似顔絵が入っている。それを得た者がポーシャの愛を勝ちとる結果になるというのだが、なんだか父親の酔狂のようにも見える。こんなやり方をもって自分の夫を選ばなきゃいけない娘としては、えらい迷惑だろう。ポーシャは一か八かの賭けに応じるつもりで、はらはらしながら事の成りゆきをうかがう羽目になる。

モロッコの王子様というのが、はじめの挑戦者だ。ためつすがめつ三つの箱をながめ、おのおのに付けられた文句を凝視して、とうとう金の箱に決めた。「われを選ぶ者は多くの男たちが望むものを得るだろう」と書いてある。これだと思う。ポーシャは男にモテる娘だから、これこそ正解にちがいない。しかし箱をあけてみたところ、可愛い似顔絵のかわりに何やら書きつらねた紙切れが入っている。金の箱に目がくらんだのがいけなかったようだ。その言葉書きのなかに、今や名句として伝わる「かがやくもの、みな金ならず」（All that glitters is not gold.）という一句があって、悲しいかな、モロッコ殿は失格となった。

次に参上したのがアラゴンの王子様である。同じように三つの箱を吟味して、それぞれの文言にしばらく頸をひねった。ポーシャはそばで凝っとうかがっている。王子は銀の箱を選んだ。「われを選ぶ者は、おのれ相応のものを得るだろう」とある。この王子様はポーシャ同様にモテる人でなければならない理屈だ。いや、ご本人はそのつもりでこの箱を選んだのかもしれない。しかし箱をあけてみれば、これも何やら書きつらねた紙切れが入っていて、やはり失格である。

実はポーシャという女、親を尊び礼節を重んじる淑女にみえて、なかなかしたたかなところがある。すでに意中の男がいたのだ。なんとかしてこの男性が正解の箱を選んでくれたなら、父親の意にもかない、めでたく事が決着するはずである。この人はヴェニスの学者兼軍人であり、父の生前に一度招かれて来たことがある。ああ、そのバッサーニオが三人目の挑戦者として、今、三つの箱の前に立っている。ポーシャの胸中は期待と恐怖に大きく揺れていただろう。さて、ここで見逃してならないのは、ポーシャはこれまでの経緯から正解の箱を知っているという事実だ。その箱を選ぶようにと、このとき恋人にむけた目つきや仕草、また言葉のはしばしに何かしらの暗示を込めなかっただろうか。ポーシャはしたたかな女である。それぐらいの悪知恵をはたらかせても不思議はない。もちろん、バッサーニオがその暗示を正しく読み取ってくれるかどうかという別の問題もある。

バッサーニオは鉛の箱を選び、それをあけてみれば、ポーシャの笑顔が箱の底からこっちを見ていたという結果になった。この箱に付けられた文言が、「われを選ぶ者は、おのれの持ち物をみな投げうつべし」というもので、その後のバッサーニオの哀れな立場を皮肉にもこの時点で予言している。ところで、この箱選びを始めるにあたって、ポーシャがバッサーニオに激しく訴えたくだりがある。「あたしの半分はあなたのもの、もう半分もあなたのもの。そして、あなたのものはみんなあたしのもの」。これは鉛の箱に記された文言をそのまま指し示してはいないだろうか。ポーシャはそれとなく、男に早くから正解を教えていたのである。

こうして二人はめでたく結ばれた。ポーシャの父親も、天上にあってさぞ満足であっただろう。この後に待っているユダヤ人シャイロックの糾弾と、人肉裁判、法学博士に化けたおてんば娘ポーシャの一件など、知る由もない。親として、子を案ずる気持があるのは当然である。遺言書なども、子への愛情に満ち満ちているのであれば、それも当然である。しかし、ときとして愛情は矩をこえて嫌味なエゴに転化しがちだ。ポーシャの父親の死してなお娘を憂慮する気持は、親としての愛情ゆえか、御しがたいエゴゆえか。

シェイクスピア自身の遺言書を見れば、親族や友人、知人のめいめいに金額の異なる贈与をしていた事実がわかる。シェイクスピア本人はいざ知らず、贈り物をいただいた人たちのあいだで、額面の格差だの、有難くもない指輪（喪中用）だの、そのほか悶着を生むような事態に発展しなかっただろうか。なかんずく「二番目に上等なベッド」を贈られ、遺言書のおしまいのほうに付記された妻アンなどは、この遺言書をどのように受け止めたものだろう。アンは夫の死後七年を経て他界し、それにつづいてシェイクスピアを直に知る係累は一人また一人と欠けていった。十七世紀も後半に及んで、シェイクスピアの人と作品を知るためストラットフォードを訪れる遠来の客足は絶えず、しかし彼らの幾人が知っていただろうか。その当時はまだ、生前のシェイクスピアを知る老婆が一人、ストラットフォードの町なかにひっそりと住んでいたのである。老婆はシェイクスピアの遺言書も、その後日譚もよく知っていたはずだが、わざわざ老婆を訪ねて話をうかがう者など誰もいない。老婆とは他でもない、結婚して姓がクィニーという、シェイクスピアの次女ジュディス（1585-1662）であった。

（注）

（＊1）Plutarch. *Makes of Rome*. Penguin Classics（1965）pp.239-240.

（＊2）トルストイ「シェイクスピア論および演劇論」（中村融訳）、トルストイ全集17『芸術論・教育論』所収、河出書房新社（昭和四八年）。

（＊3）Bate, Jonathan. *The Genius of Shakespeare*. Picador Classic（1997）pp.145-153.

あの世からの遺言

遺言はみな、人が死んでから効力を発揮するものだから、いうなればあの世から届く死者の声である。その厳粛なる声が、地上の人びとの上に降りかかり、人びとに何がしかの行為を求める。物いわぬ死者が、物をいうことになるわけだ。もちろん当人が生きているあいだに遺言（書）を用意しておくからこそ、そういう結果になる、というのがまず一般の考え方だろう。

ところがここに、生前の用意なくして、突然、あの世から恐ろしい声が降り落ちてくるという、いわゆる「お告げ」がある。遺言は文字で綴られたものだけにかぎらないと大きくとらえるなら、あの世からの声も、一種の遺言と解して差支えないだろう。『ハムレット』の亡霊がその例である。亡霊は息子のハムレット王子にだけ遺言を告げた。息子として、敬愛する父の言を無視するわけにはいかない。

その内容とは何か。なんと、「忘れてくれるな」（Remember me.）と念を押しながら、わが息子に復讐を命じているではないか。復讐の相手とは叔父のクローディアス、すなわち現王である。王を殺せ、と息子に命じているのだ。とんでもない話である。これが父の遺してくれたものというから、息子にとってこれほど迷惑な、忌むべき負の遺産はあるまい。王を殺せば大逆罪にあたる。首尾よく復讐をなしたとしても、今度は自分の身があぶない。復讐が次の復讐をよぶのは通例である。従って父は、ここで息子に死ねと命じているのにも等しい。さて、ハムレットの心内は如何に？

ハムレットは身の丈以上の負担を強いられてしまった、「高価な鉢に樫の木を植えたようなもので、根がはびこれば鉢は割れてしまう」と、ゲーテはウィルヘルム・マイステルに語らせている(＊1)。ウィルヘルムのシェイクスピア傾斜と、人物ハムレットに寄せる深い同情とは、そのまま作者ゲーテの心懐と考えてよさそうだが、このように作中人物への興味をもって作品を受容する姿勢は、ドイツ本国ばかりか、イギリスのコールリッジ、ハズリット、ラムらにまで伝染して、いわゆる性格批評の根づよい傾向を生んだ。ハムレットの中心的性格に「行動への嘔吐」（コールリッジ）を見たり、「ハムレットとはわれわれ自身である」（ハズリット）というように自己と主人公とを重ね合わせた理解や、ハムレットの優柔不断を責める道徳的読み方などが、今なお跡を絶たない。それらは等しく、主人公ハムレットを生身の人間として捉え、現実の世に出遇う一個の生きた性格として扱おうとする。それほどに、ハムレットの個性は強く現実に迫る力を宿しているともいえよう。

ツルゲーネフの名高い講演に「ハムレットとドン・キホーテ」がある(＊2)。ツルゲーネフによれば、人間の二つの典型として、ハムレット型とドン・キホーテ型とがあるそうだ。ハムレット型は、興味の中心が何よりも自分自身にある。自分を意識し、分析して、さかんに自己の満足、幸福、安寧を追う。力の働く方向はつねに自分へ、すなわち内へ、内へとむかう。かたやドン・キホーテ型は、自分よりも気高いあるものに自分を捧げようとするから、力のむきが外側である。絶対の信仰、奉仕、自己犠牲というような遠心力が働くことになる。この二つのタイプのうち、どちらが他人に愛されようか、とツルゲーネフは問う。答は明らかである。自分自身にばかり関心をもち、しかも自身を愛せないハムレットが、どうして他人から愛されよう。一方、われわれはドン・キホーテの愚行を笑うかもしれない。しかし笑うと同時に、この人物を許し、愛さずにはいられないだろう。世のほとんどの人が、程度の差こそあれ、ハムレット型人間またはドン・キホーテ型人間のいずれかに分類される、というのがツルゲーネフの論旨である。両者ともにフィクションのなかの人物でありながら、人間の典型として現実的意味を有していることになるわけだ。

こうして劇中人物ハムレットを吟味することが、そのまま人間観察、人間研究へとつながっていく。だが一方では、そのような視点を脱却した別の「読み」が各種各様に栄え、私たちの作品理解を助けているのも事実である。ヴィクトル・ユーゴーは長大なシェイクスピア論のなかで、「『ハムレット』は妄想の悲劇の傑作である」(＊3)といい、ジュール・ラフォルグは小説『ハムレット、ある親孝行の話』（一八八六年）に原作のパロディー化を試み、チェホフの「イワーノフ」（一八八七年）もドストエフスキーの『罪と罰』（一八六六年）も、憂鬱な主人公を敢然たる行為へと導いて作品に明確な決着をつけている。いずれも劇中の一性格に沈潜するのをやめ、新しい視点からこの人間ドラマを捉えようとする意欲のあらわれに他ならず、『ハムレット』こそは、そのような多種多様の解釈をつねに誘発する劇作品ということになる。亡霊を神とみるカフカからすれば『ハムレット』は宗教劇であり(＊4)、「世界は残酷でしかも不条理だ」と断ずるヤン・コットにとって、これは政治劇以外の何物でもない(＊5)。さまざまな捉え方、演出、改作の可能性を思うに、『ハムレット』ほど、その幅と深みと柔軟性に富む作品はない。何がそうさせているのか。ヤン・コットはこの作の「非完結性」を挙げているが、砕いていえば、主人公が最後まで行動に踏みきらぬこと、復讐を決行せずに終ること、その一事こそが解釈において百千の枝葉をひろげる機縁となっているのかもしれない。

かくて、劇作『ハムレット』にハムレットなる性格の一典型を見るのではない新しいアプローチが謳歌される時代となる。つらつら思うに、ハムレットの性格などはそれほど明快に、それほど理路整然たる言葉では説明しきれぬものを擁しているはずなのだ。彼の性格を見極めようとすればするほど、それをつつむ深い謎に当惑せざるを得ない。いや、人間性格の謎ばかりではない。この劇は謎から始まり、結局、満足すべき解決を見ないまま謎に終っている。こんなに謎だらけの劇も珍しいのではないか。いささか逆説めくが、『ハムレット』の謎は答えのない謎として、かえって永遠の生命を獲得したともいえるだろう。

たとえば開幕一番のせりふに、"Who's there?" とある。これは誰が叫ぶせりふか。デンマークの古城、寒い冬の晩、一人の歩哨が見張りに立っている。この歩哨はフランシスコといい、そこへ別の兵が、見張りの交替のためにやってくる。こちらはバナードである。と、前方に妖しい物影が動く。そこで "Who's there?" とくるわけだが、これを見張り役のフランシスコが叫ぶのであればわかる。しかし実は、あとから登場するバナードがこれをいう。どこか不自然ではないか。

このせりふを見張り兵の誰何(すいか)と取るから、不自然に聞えるのである。ここにはむしろ、ただの誰何とはまったく別の意味がこめられていると考えてはどうだろう。逐一調べたわけではないが、たいがいの邦訳が「誰だ?」というふうにあっさり納めてしまっているようだ。それはやはり、おかしい。お役目交替のためにやって来たバナードが、「誰だ?」なぞと呼びかけるはずはないのだから。実は、バナードは前夜と前々夜に、同じ場所、同じ刻限にあって亡霊を見ている。だから今夜も出るのではないかと怯えているはずだ。ひどく怯えているものだから、ぼんやり動く影が見えて、すかさず "Who's there?" と叫ばずにいられなかった。このせりふは歩哨が、誰だ、何者だ、と平凡にぶつける叫びではなく、亡霊を見てしまった一人の人間の恐怖を、心の乱れを、一言のうちに凝縮させたものにちがいない。そう考えれば、この叫びは、「だ、だ、誰ァれ?」とでも訳すほかはあるまい。ただの誰何では意味が浅すぎる。一つの言葉も、それを発する人間、あるいはその心境次第で、まったく意味を変えてしまうものだろう。

つづいて、一方のフランシスコが、「おまえこそ何者だ」と応じて、バナードは合言葉をとなえる。その声を聞いたとたんに、フランシスコは、ああ、バナードかとはじめて合点する。このわずかのやり取りのうちに両者のアイデンティティが確定し、すなわち「存在」(to be)がめいめいに実感されることになる。この劇の全体テーマを暗示する、みごとな開幕シーンである。

それにせよ、衛兵らは何をそんなに恐れ、なぜそんなに神経をとがらせているのか。亡霊が出るという。しかも亡きハムレット王の姿をとっているというから、ただの亡霊ではあるまい。それなら何か。わからないのだ。何のために三晩もつづけて現れるのか。それもわからない。ホレイショーなどは、「この国に何か椿事が起きる予兆だ」と自国の現状に不安を覚える。周囲では武器を量産したり、警護を強化したりと、不穏な動きが目立つために、よけい不安がつのる。外敵ノルウェーの侵攻なども心配される。この「不安」の醸成こそが、第一幕第一場における亡霊出現のねらいにちがいないのだが、それはあくまで謎のヴェールにつつまれたまま観客の眼前に放り出される。果たしてあれは、先王なのか、その姿を借りた悪魔だろうか。この不分明にさらされながら、怯えては悩む人間たち、実はここに早くも、ハムレット第四独白"To be, or not to be."の問題が立ち現れているのである。相手の正体を、いや存在それ自体をはっきりとつかみたい。だが、そう簡単にはいかないのだ。"That is the question."となる。

ものの存在が定かではないところで"Who's there?"に亡霊の影が、そして人間の恐怖心が貼りついている事実は、どうしても見過ごせない。このせりふが有する特殊な意味合いを再確認するために、類似の例を『マクベス』から拾っておこう。『マクベス』では人殺しが何度か起こるが、そのなかで最も重要な殺人となれば、もちろんダンカン王殺しであろう。劇の要をなすこの王殺しは、観客の目に見えぬ場所、舞台の裏側で決行される。すなわち、行為そのものは目に見えないが、行為に代って言葉がある。その言葉は非常に重いはずだが、いったい、こんな決定的瞬間に人はどういう言葉を吐くのだろうか。原作に戻ってみよう。マクベス夫人が別室で、息を殺しながら、まだかまだかと待っている。夫がうまく殺ってくれるかしら、と不安でもある。そんなとき、王の寝間から、“Who's there?”という叫びがあがるのだ。はっ、感づかれてしまったかしら？　と思っていると、血みどろになったマクベスその人が、階段をふらふらと降りてくる。

　なんとも奇妙なことに、さっきの叫び“Who's there?”は、マクベスのせりふなのだ。ダンカン王が目をさまして、これを叫んだのであれば自然だろうが、他人の寝室に忍び込んだ当人が、「誰だ！」とくる。おかしいのではないか。いや、実はちっともおかしくない。“Who's there?”には、やはり別の意味が込められていると考えねばならないのだ。『ハムレット』開幕のせりふと同様に、ここでの“Who's there?”を「誰だ？」と解釈するところに、そもそも無理がある。これはやはり恐怖心と、狂乱と、自己存在のぐらつきというような、人間心理の極限状態を表わすせりふと捉えるべきだろう。これは王を刺した直後に、マクベスの口からひとりでに洩れ出た言葉だろうと思われる。とんでもないことをやってしまった、もう取り返しがつかぬという、その恐ろしい混乱、恐怖、絶望が胸底から噴きあげて、「誰なんだ、こんな大罪を犯してしまったのは」と、一瞬、自分の存在も何もかもが気化してしまった。そんなマクベスの心を表出しているせりふではないか。茫然自失の態で近づいてくるマクベスにむかって、夫人は、「あなたなの？」と訊く。これはあたかも、我を忘れ、空虚な存在と化してしまった夫に再び生気を吹き込んでやるかのような一言だ。しかし、そのあとにつづく夫婦の会話がまた奇妙奇天烈である。マクベスは声を落として、「何か物音はしなかったか？」などと夫人に訊く。夫人は夫人で、「ええ、フクロウの鳴声が、そしてコオロギが」とくる。「いつ？」――「いま」――「降りてくるときか？」――「そう」というぐあいに、どうも話がすっきりしない。物音がどうしたというのか。つい先ほどの“Who's there?”の大声はどこへ行ってしまったのだろう。要するに、二人とも、気が動転しているのである。そんな乱れに乱れた心を映すせりふが、この場面ではしばらくつづく。そうしていきなり、何者かが戸を叩く音、あの恐ろしい音が闇にひびいて、夫婦ははっと現実に引き戻されるのだ。息をのむ瞬間である。まさに劇中白眉の場面といえよう。

ここで別の角度から、もう少し『ハムレット』の“Who's there?”にこだわっておきたい。すこぶる興味ぶかいことに、この台詞を歩哨のフランシスコに振り当てている『ハムレット』の初期テキストが存在する。一般にQ1（『第一・四つ折本』）と呼ばれるテキストであり、これは一六〇三年に出版され、タイトル・ページが示すところでは、「ロンドンで幾度か、またオックスフォードとケンブリッジ両大学、その他にて上演された芝居」という次第で、どうやら芝居台本の一つと考えられる。これの翌年（また翌々年）に出版されたQ2（『第二・四つ折本』）は、「真正の完璧な版本に基づき、新たに印刷され、元の分量にほぼ等しく再現されたもの」というわけで、質量ともにQ1をしのぐテキストとされるが、このQ2にあっては先述したとおり、"Who's there?"のせりふがバナードに充てられている。さらに十八年後のF1（『第一・二つ折本』）にあってもQ2同様の展開である。さて、作者シェイクスピアの意図はいずこにありやという問題になる。信頼のおけるテキストはいずれかと言い換えてもいいが、それは開幕のせりふだけでなく、劇中の一字一句について歴代のシェイクスピア学者が、またテキスト編纂者たちが心魂を砕いてきた大問題であり、あたかも気の遠くなるような本文研究が今日に至るまでなされてきた。『ハムレット』のテキストは版によって少なからぬ異同が見られるものの、"Who's there?"については、バナードの台詞とするのが定説である。バナードの言とする以上、これを「誰だ？」と解するのは、やはりおかしい。

さて、そのような不安の冒頭シーンから一転して、次はにぎやかな戴冠式の場面となる。その真っ只なかにただ一人、鬱々として心愉しまぬ主人公ハムレットが登場する。ハムレットの心中には何があるのか。初めはよくわからない。第一独白によって、その一端が示される。ハムレットはおのれの身を厭いながら、母の早すぎる再婚にからむ節制のなさを「弱きもの、その名は女なり（第一幕第二場）」（Frailty, thy name is Woman）と呪う。それから叔父クローディアスに寄せる嫌悪の情を吐き出しているのだが、むろん、まだ叔父の悪事については知るすべもない。これらを一言にくくれば、男女の営みと、生をうけてこの世に生きることとの重荷をハムレットは嫌というほど感じているといえよう。彼の胸内に燃えているのは、激しい生の否定である。この一事を凝視するなら、のちにオフィーリアにむかって「尼寺へ行け、結婚なんかしても、化物を産むのがオチだ（第三幕第一場）」（Get thee to a nunnery）と恫喝するのも理屈として一貫しているはずだ。

ハムレットは先の独白のおしまいに、「いや、迂闊に口走ってはならぬ」（第一幕第二場）と自戒して心を閉ざそうとする。なぜ隠さねばならないのか。事実、まわりの者もみな本心を隠しながら、外見を装いつつ、そうして事は着々と進行していくように劇ができている。ホレイショーらが亡霊を見た事実は誰にも明かされず、じかにハムレットの耳に伝えられ、それによってハムレットが動きだす。父の亡霊の一件を聞いたとたん、ハムレットは何かを察し、「クサいぞ」と胸をおどらせ、いよいよ亡霊に対面してからは、危険をも顧みず、「おれの宿命が呼んでいる（第一幕第四場）」（My fate cries out）とやら、いきなり悩める人から行動の人へと一変する。おのれの悩みの核心にふれる何ものかを直感したからにちがいないが、それはいったい何なのか。

いよいよ亡霊が口を開いてハムレットに訴えた内容は、それを聞いたハムレットの反応からすれば、まずはわが意を得たりというものであったようだ。亡霊はデンマークの危機などを告げはしなかった。私怨を訴えたのである。弟クローディアスの犯罪と、そんなクローディアスになびいた妻ガートルードの罪を告発する。しかしガートルードについては、「あいつのことは天にまかせておけ」と寛容な措置を命じているあたり、どこかその所業を赦している趣だ。

ハムレットは母をうらみ、叔父を憎むわけだが、そればかりではないところがせり出してくる。「デンマークにあっては、こんな次第だ」とこの世の情況全般に関心が動いていったり、また同行のホレイショー、マーセラスと別れた直後に口走る嘆きの言葉、「この世の関節がはずれてしまった（The time is out of joint）、ああ、なんてことだ、それを直すために生まれてきたとは」（第一幕第五場）とこぼす。ハムレットは今日の悪しき情勢を嘆いているのか。それと交渉すべきわが身を嘆いているのか。いったい、どういうことなのだろう。個人的な憎しみに燃えあがったかと思えば、個人を超えて時代やら国やらに嫌悪感が傾いてゆく。ハムレットの心の底には、何があるのか。しかも、亡霊にからむこのたびの一件は完全に封じておくよう、先の二人にしつこく誓わせている。さらには、その誓いについて亡霊までもが口を合わせて要求するではないか。なぜ、そこまで厳重に秘めておかねばならないのか。それほどの重大事であるならば、そもそもなぜ亡霊は、ハムレット以外の者どもの前にも姿を見せたりなどしたのか。

しかし亡霊は複数の者たちの前に姿を見せるものの、先述したとおり、「お告げ」の内容はハムレットだけに伝えられる。他の者は何一つ知らない。つまり証人がいない。「お告げ」は本当に亡霊の口から発せられたものなのか。もしかしたら、ハムレット一人の幻想ではないか。なんと、その真偽については、本人自身でさえ不確かであるようなのだ（第二幕第二場）。さらにあとの場面、母の居間にあって、ふたたび亡霊がハムレットの前にあらわれ、声をかける。しかしその姿も声も、ガートルードにはまったく感じられない。果たせるかな、「存在」の信憑性がぐらついてしまうこの二つの亡霊シーンは、「在るか、無きか」（"To be, or not to be…"）の深いテーマに直結している。存在の疑わしい亡霊の「遺言」が、本劇作の中心にすえられ、その曖昧な一点から劇が動きだし、主人公が悩み、周囲が振りまわされる展開となる。

ところで、亡霊の言を俟つまでもなく、ハムレットは当初から死にたくてたまらないのだ。しかしながら自殺は神の意に背くとしてジレンマに陥っているわけで、生か死かの二者択一に悩んでいるのではない。ハムレットの悩み、あるいは嫌悪の情の発生源となれば、どうしても人間の「存在」にまでさかのぼるべきだろう。自分とは何者か、なぜ、ここに生きているのかという、存在そのものに関わる深刻な疑問が、あるいは存在否定への欲求が、ハムレットを憂鬱の底ふかく沈めてしまっている。そこへもって、もう一つ、ハムレットを苦しめるもの、すなわち「行動」がからむ。

行動とは何か。亡霊の「お告げ」は一方に存在観念を誘発し、もう一方に行動観念を刺激してやまない。亡霊はしきりに行動を促す。行動に踏みきるためには、その主体たる自己の存在がしっかりと足場を確保しておかねばならぬ。かくて行動と存在と、二つのしがらみがハムレットを窒息させるのである。それらの束縛から何とかして脱したいと願うものの、父の亡霊が、ありがたくもない父の「遺言」が、ハムレットにそれを許さない。なんという苛酷な父子関係であろうか。これを別称するに、人は親子愛という。

とまれシェイクスピア劇にあっては、せりふのくり出し方が実に巧い。言葉が、ある場面や人物の内面などを表わそうというときに、ちょっと凝ったカラクリを用いる。そのカラクリによって、場面の緊迫感や、人物の濃厚な感情や、心理の屈折までが陰に陽に示される。どうやら、言葉の上づらを忠実になぞっているだけでは摑まらないものがあるようだ。言葉は言葉を超えて、何かを表現する。先に示した"Who's there?"がその一例である。

シェイクスピアは言葉に工夫を凝らしたというよりも、工夫せざるを得ない当時の劇場の状況(また政治や社会の締めつけ)があった。つまり、何から何まで制約の多いなかで劇を作り、劇を演じなければならなかった。舞台には幕がない、照明設備がない、ときには天井すらない。すべて言葉の力ひとつで、寒いだの暑いだの、さて闇夜だ、波打際の場面だ、さて嵐の荒野だと色づけしながら、観客をその気にさせねばならない。女優はまだ存在しなかったから、女役は声変り前の少年が演じた。役者の数も少なかったから、一人の役者が三役も四役も兼ねた。言葉をとおして、ひたすら言葉の力に頼って、もろもろの制約や困難を乗り越えねばならない。観客もそれによく応えてくれた。その意味では、当時の役者と観客はいっしょになって劇の虚構空間にわが身を投じていたといえよう。——もっぱら、言葉の力に誘導されながら。

劇場では芝居と現実が手を組んで、ごった返しているような趣があり、今日の感覚からすると、そこはまことに不思議な空間でもあったようだ。『ハムレット』開幕の、あの寒い晩の怯えるせりふにしても、昼日中の明るい舞台上で発せられ、観客を惹きつけていたのである。観客のほうでも、ときに、舞台の縁に肘などついて、興奮のあまり蜜柑の皮を投げつけたり、手を伸ばして役者の足首を摑んでみたり、笑ったり野次ったり、それはそれは大騒ぎであった。芝居と現実の境界線があいまいになる幸せな空間でもあっただろう。

ひるがえって思うに、芝居と実人生の疑いようのない共通点といえば、どちらにも終りがあるということだ。芝居の終り、人生の終り、これは必ずやってくる。終ってしまえば、そこで一つのまとまりが完成して、拍手喝采となる。今ためしに、人生のおしまい、芝居の終幕からふり返って一個の人間の姿を見つめてみよう。かねての謎も、もはや謎ではなく、かずかずの愚行も、空しい試みも、煩悶も、すべて一つの器に収まって、ここに動かされざる形をむすんでいることが了解されるのではないか。あとは何もいうことなし——"The rest is silence"（第五幕第二場）というものだろう。これこそが『ハムレット』の含みもつさまざまな謎の結論である。

ところで、シェイクスピア自身は人生の終局にあって「何もいうことなし」の境地であっただろうか。あるいは亡霊のごとく、あの世からの恐ろしい声を地上へとふり落とす羽目になったか。ストラットフォード・アポン・エイヴォンはホーリー・トリニティ教会、その内陣にシェイクスピアの墓があり、墓の石面に四行の墓碑銘が刻んである。本人が遺した言、すなわち亡霊の声に他ならない。古い綴りを改めて記せば、左のごとし。

Good Friend, for Jesus sake forbear,

To dig the dust enclosed here!
Blessed be the man that spares these stones,
And cursed be he that moves my bones.

友よ、神かけて掘り起こすことなかれ
ここに葬られし亡骸を
この墓石を移さざる者に幸あれ
わが遺骨を動かす者に呪いあれ

わが遺骨を動かす者に呪いあれ、とはいかにも毒々しい文句であると同時に、甚だ味気ない凡俗な言葉として、後世のシェイクスピア愛好家たちを失望させた。シェイクスピアの最後の願望とはこの程度であったか。いや、もしかすれば、ここに何かがあるのでは？ そんな風むきのなかで、言葉の魔術師たるあのシェイクスピアと、田舎町の成金ミスター・シェイクスピアとは別人であろうとの主張が露骨になっていった。別人説を信奉する一人、十九世紀の中ごろ、ディーリア・ベイコンという中年のアメリカ人女性が自説を裏づける証拠さがしに熱中した。彼女はシェイクスピアの墓に目を着けたが、その熱中ぶりがまた尋常ではなかった。墓碑銘にはなぜ、あれほど執拗に墓をいじるなとあるのか。それはきっと、墓のなかに触れられたくない何かが秘められているからにちがいないない。シェイクスピアの正体を明かす決定的な証拠が収められているにちがいない。今こそ、本人の遺志に背いても墓を掘り起こすべきだ。ベイコン女史はそう考えて、ストラットフォードの教会墓所へとむかった。教会側との交渉がこじれ、破綻して、とうとう彼女はある晩、一人きりでショベルとカンテラを手にシェイクスピアの墓前に立った。そうやってしばらく静寂のなかに佇んでいると、どうしたものか、墓をあばく勇気がくじけて、しまいには手からショベルがすべり落ち、その場にくず折れてしまった。シェイクスピアの呪いであったかどうか、彼女はそれから三年ほどしてぽっくり死んでしまったというから、まことに奇妙な話である(＊6)。

わが遺骨を動かす者に呪いあれ、この最後のメッセージは確かに、いささか世俗的な匂いがしないでもない。しかしそれはそれ、シェイクスピアの豊かな精神像は、むしろ劇中のせりふの面(おもて)に立ち現れているはずだから、遺骨ならずとも、その言葉(せりふ)を存分に〝動かし〟て、埋もれたる意味のもろもろを掘り起こしてみてはどうだろうか。

（注）

（＊1）ゲーテ『ウィルヘルム・マイステルの修行時代』（関泰祐訳）第四巻・第十三章、世界文学体系20、筑摩書房（昭和三三年）。

（＊2）ツルゲーネフ「ハムレットとドン・キホーテ」『文学論集』所収、世界文学体系96、筑摩書房（昭和四〇年）。

（＊3）ユーゴー「シエイクスピーヤ」（本間武彦訳）『ユーゴー全集』第六巻所収、本の友社（平成四年）。

（＊4）スコフィールド・マーティン『ハムレットの亡霊』（岡三郎・北川重男訳）国文社（一九八三年）。

（＊5）コット・ヤン『シェイクスピアはわれらの同時代人』（蜂谷昭雄・喜志哲雄訳）白水社（一九六八年）。

（＊6）大場建治著『シェイクスピアの墓を暴く女』集英社新書（二〇〇二年）参照。

気まぐれな遺言書

恋は気まぐれ、人の心は気まぐれ、なぜなら万象を司る神こそが気まぐれなのだから。神はおのれに似せて人間を造ったというが（『旧約聖書』「創世記」）、そうとなれば、まさしく人の心の気まぐれには神ぞ棲むというべきか。

シェイクスピア喜劇の最高峰とも目される『十二夜』は、気まぐれな心のまことに自由奔放な活動を存分に見せてくれる。野をわたるみどりの風、さんざめく酔いどれの声、恋に悩む若者たち、それらがみないっしょになって、実に味わい豊かな人間ドラマを盛り立てる。そのドラマの片隅に「遺言書」がひょっこり顔を出すわけだが、それもまた気まぐれな色に染めあげられているという次第なのだ。

島の伯爵の娘オリヴィアは父を亡くし、つづいて兄までを亡くして悲しみにくれている。目下、色恋どころではなく、男という男を遠ざけているのだが、男たちのなかで一人オーシーノウ公爵だけは、何としてもオリヴィアに寄せる恋ごころを抑えることができない。オリヴィアは頑なに殻を閉じる。オーシーノウは頑として諦めない。

ここにセザーリオという、オーシーノウのおメガネに適った小姓が登場する。セザーリオはオーシーノウの恋の使者としてオリヴィアのもとを訪ねるが、オリヴィアのほうでは毎度のごとくうんざりしながら、それでも使者の若者を招き入れ、――ここからがめざましい展開となる。オリヴィアの氷のごとき固い心がついにゆるむのだ。あろうことか、彼女はオーシーノウをよそに、その使者たるセザーリオのほうへと気持が傾いてしまう。セザーリオが、実は男装した若い女（ヴァイオラ）である事実も知らずに。こうして恋は神の気まぐれに始まり、人の心の気まぐれによって勢をつのらせる。

第一幕第五場におけるセザーリオとオリヴィアの言葉合戦は圧巻である。セザーリオは使者として立派に役目を果たそうと努め、オリヴィアはしつこい男の縁談なぞさっさと切り上げたい。セザーリオの言葉が熱をふくんで、じりじりと迫る。オリヴィアはその手にのるものかと、切っ先をかわす。しかし次第に押され気味となり、顔をおおう薄衣のヴェールを除けてしまったときにはもう旗色があやしくなっている。セザーリオは相手の顔の美しいことを誉めちぎり、その“copy”を後世に残さないで死んでいくのは愚かだという（*1）。すなわち結婚して（オーシーノウと）、美しい子をつくりなさいと進言したつもりであったが、オリヴィアは“copy”の意味を別様に取ってしまった。「写し」とか「記録」というふうに取って、それがさらに「遺言書」への言及となる。

オリヴィア　わたくしの美しいところを、あれこれ書き写してみましょう。財産一覧として、一品一品を遺言書にしたためておきますわ。ひとつ、まっ赤な唇が二枚、ひとつ、まぶた付き灰色の目が二個、ひとつ、頸（くび）、ひとつ、顎（あご）、などなど。

（第一幕第五場）

I will give out divers schedules of my beauty. It shall be inventoried and every particle and utensil labelled to my will, as, item, two lips, indifferent red; item, two grey eyes, with lids to them; item, one neck, one chin, and so forth.

もちろんオリヴィアは「遺言書」を比喩として用いているわけだが、所有する財産を「ひとつ」（item）、また「ひとつ」と列挙していくところが、ちょうど遺言書の様式を模している。しかし、この遺言書を誰のために遺そうというのだろう。彼女の気まぐれからとび出した戯言にすぎまい。ところが、その気まぐれにみずから戯れているうちに、なぜか胸さわぎがして異様な気分に駆られ、知らず識らず使者のセザーリオに恋をしてしまっているという。まことにもって神の気まぐれ、神様のいたずらというほかはない。オリヴィアの戸惑うせりふを聴こう。

オリヴィア　おや、まあ！

こうも早く病にとりつかれてしまうものかしら。
なんだか、あの若者の全部が
知らない間に、そろりそろりと
あたしの目のなかへ忍び込んできたみたい。

（同前）

How now?
Even so quickly may one catch the plague?
Myhtinks I feel this youth's perfections
With an invisible and subtle stealth
To creep in at mine eyes.

恋は目から入る、というものだろう。さて、同性に恋されてしまったセザーリオとしては面喰らうばかりだが、実はそれに加えて、自分もまたいつの間にか主人のオーシーノウに恋をしてしまっているのだ。しかし自分の外見が男であるからには、世の通念に従うなら、その恋は許されない。そうして、オーシーノウを他の女性オリヴィアに売り込まねばならぬというジレンマに立たされる。なんという神のいたずらか。

　いたずらはそれだけに止まらず、ほかの登場人物たちにもおよぶ。マルヴォーリオいじめの筋がそれだ。この滑稽な傍流がしまいには本筋に流れ込み、それだけ喜劇の厚みが増し、味わいが豊かになるという次第である。ちなみに『十二夜』の種本としては二、三挙げられるものの、マルヴォーリオの登場はもっぱらシェイクスピアの独創による。いうなれば、シェイクスピアのもっともシェイクスピアらしいところが、マルヴォーリオを扱う手並みのうちにうかがえるはずだ。内容に即して見てみよう。

　オリヴィア邸に居候するサー・トービー、サー・アンドルー、それに使用人やら道化のフェステまでを加えて乱痴気さわぎとなる。オリヴィアの執事マルヴォーリオはこれを見かねて厳しく意見する。注意された連中はそれを根にもって、ひとつマルヴォーリオに仕返しをしてやろうと鳩首談合する。ここで目立つのは、秩序の撹乱、日常モラルや常識への反発、うるさい枷だのをぶち破ろうとする清々しい破壊欲求である。謹厳実直なマルヴォーリオとしては、そんな狼藉三昧を放任するわけにいかない。お屋敷の秩序をまもる頼もしい執事がここにいるわけだが、しかしそれは表むきだけのことである。このマルヴォーリオからして、実はひそかにご主人さまのオリヴィアに首ったけなのだ。真面目づらをして、実際何を考えているかわかったものじゃない。よし、化けの皮を剝いでやれとなって、一同示しあわせ、マルヴォーリオいじめが始まった。破壊欲求の真率なあらわれである。

主筋そのものからして、破壊の矛先にあやうくバランスを保っているではないか。セザーリオ、オリヴィア、オーシーノウのくずれた性の恋愛関係はもとより、やがて周囲の人間を巻き込みながら愛憎のもつれが生じ、たがいの誤解やら失望やらが身の危険にまで発展して、世界は暗雲につつまれる。しかしそれもいっときのこと、神はついに人間たちを混沌から救い、耀く光芒のもとにつれ出すのである。恋人らを巧みに動かして、誤解は解け、秩序は回復し、一瞬にして男女の恋のみごとな形が完成する。各場面おのおのの力が一点に結集して、人間賛歌のあでやかなフィナーレを造り上げるのだ。型を破り、きわどい一線をかろうじてまもりながら、ここへきて暗から明への一大転換を成功させているのは、まさに名匠の技ともいうべきか。すこし具体的な内容にふみ込んでおこう。

つくづく思うに、人の心はまことに不思議なものである。第二幕第四場にオーシーノウ公爵とセザーリオが男女の恋について激論を交わす場面がある。興奮と悲哀が表裏をなして迫りくる名場面だ。

オーシーノウ　どこかの女がわたしを恋するにせよ、そんなものが、オリヴィアを
　　慕うわたしの恋と比べて何だというのだ。
　There is no woman's sides
Can bide the beating of so strong a passion

As love doth give my heart;

セザーリオ　でも、ぼくは知っています！

Ay, but I know—

オーシーノウ　おまえが何を！

What dost thou know?

これにつづくセザーリオのしみじみとした肉親の話は注目すべきところだろう。

セザーリオ　ぼくの父に一人の娘がありまして、娘はある男性に恋をしてしまったのです。

My father had a daughter loved a man.

セザーリオの姉か妹であるべきこの「娘」とは、むろん虚像であり、これにわが身を重ねて真情を訴えているのはいうまでもない。姉（妹）はさる男に恋をして——ちょうど公爵様のような男性に——その恋ごころを表にあらわすことなく、身心ともども衰弱してゆき、それでもなお微笑みながら、ひたすら耐えました。これこそが本当の恋ではありませんか、という。

虚像をもち出し、虚像にものをいわせるのである。その虚像の後ろにはヴァイオラの実像が立っている。話を聞く公爵は、つい当の虚像に関心をもち、心惹かれ、万事納得させられてしまっているように見える。このくだりは、公爵がしまいにオリヴィアを諦めてヴァイオラと結ばれるという、最後の大きな飛躍への小さな布石にもなっているようだ。ヴァイオラの恋は、ここで虚像の力を借りながら、それとなく公爵の心に忍び入っているわけだから。

双子の兄妹の片方であるセバスティアンの登場がさらに大きな意味をもつ。ヴァイオラの案に相違して、先般の海上遭難において兄は死んではいなかったのだ。兄のほうでもまた、妹は溺れ死んだものと思い込んでいた。双子がめいめいの持場でめいめいに活動しながら、一方では両者をつなぐ天の糸がゆっくりと引絞られていく。二人とも真実に気がつかない。終盤に至っては、兄が周囲の人びとを混乱させ、妹がまた別の混乱を導き、そして誰よりも当人どうしが不可解な事態に当惑する。この糸の絞り方は見事なものだ。

そうして、ついに二人の兄妹が同じ場所に姿をあらわすという、謎や混乱があえなく氷解していく、まことに瞠目すべき瞬間を迎える。それまでの二人の虚像——みずからを偽り、他人の目を欺いてきたその虚像がゆっくりと消滅してゆく様は、感動を呼ばずにはおかないだろう。セザーリオがヴァイオラに戻り、セザーリオなる虚像に恋していたオリヴィアはセバスティアンなる実像とめでたく結ばれる。セザーリオという虚像を側近において可愛がったオーシーノウ公爵は、その実像のヴァイオラを妻に迎える。

しかし何よりも喜ばしいのは、やはり、互いに死んだものと思っていた双子の兄妹それぞれが、互いの実像をしかと確かめあう、あのクライマックスの場面ではないだろうか。

セバスティアン　おや、僕がそこに立っているのかな？……あなたは僕とどういう関係にあるの？　お国は、名前は、両親は？

Do I stand there?―What kin are you to me?
What countryman? What name? What parentage?

セザーリオ　メサリーンが古里、父の名はセバスティアン、そして兄の名もセバスティアン。

Of Messaline. Sebastian was my father.
Such a Sebastian was my brother too.

セバスティアン　あなたがもし女なら、他はみな符合するのだから、その頰を僕の涙でぬらして、こういおう。――ああ、よく戻ってきてくれた、溺れて死んだはずの、ヴァイオラよ！

（第五幕第一場）

Were you a woman, as the rest goes even,
I should my tears let fall upon your cheek
And say 'Thrice welcome, drowned Viola.'

虚像が一刻一刻と薄らいで、その背後から実像がゆっくりとあらわれ出る鮮やかな場面だが、二人をとり巻くほかの登場人物たちも、この驚くべき光景に目をみはりながら、不思議な気持に包まれ、それがほどなく大きな喜びへ、感動へとふくらんでゆく。喜劇エネルギーの見事な一点収斂、その好例であろう。こんなところにも、シェイクスピアの言葉の妙技を実感せずにはいられない。

もちろん、喜びの醸成だけが本作の手柄であるとはいいきれない。喜びの蔭にはまた曰くいいがたい悲哀が隠れている。セバスティアンを慕うアントーニオは、友の幸福と友を手放す悲しみとを、自分のなかでどうあんばいしただろうか。オリヴィアに最後のとどめを刺され、一同へ毒づきながら立去るマルヴォーリオの心内はいかほどであったか。そして何よりも、身辺の男女の行状をつらつら眺めながら、一歩距離をおいてどこか冷めきっている道化フェステの心情はいかに。『十二夜』は苦難をのり越えて幸福に至るという、ただそれだけの、単純にしておめでたい喜劇ではないのだ。類似作としてたびたびもち出される初期の『まちがいの喜劇』などとは、実際ちっとも似ていない。あれは双子の兄弟と、やはり双子の召使が登場して、そこに女がからんで人間関係が錯綜するというドタバタ喜劇だ。『十二夜』はドタバタの域を超えている。シェイクスピアの言葉の迫力を知るには、この一作『十二夜』の味読鑑賞に徹してみるのも一案ではないだろうか。

ここでふたたびオリヴィアとセザーリオの初対面シーンへ戻り、オリヴィアがみずから誇る「遺言書」の中身に注目しておこう。男と女が近づき、恋の炎が燃えさかるには、どうしても肉体のある部分が格別の意味をもって働きかけてこなければなるまい。オリヴィアの花の顔(かんばせ)は、セザーリオの形容によれば、神の手になる完璧な作品というわけだが、そのような顔がえてして人の心を奪い、恋の悦びを誘発するものとなるのだろう。恋が特定の個人をもとめる以上、その人を他と区別するもの、すなわち目や唇などの肉体特徴に関心がむかうのは当然でもある。ほどなくそこに恋の火が点ぜられることになるのだ。

ほかに例を引くなら、ジュリエットの美貌に動かされたロミオのせりふが思い浮かぶ。

ロミオ　この唇、この顔赤らめた二人の巡礼が、もう無骨な手など引っこめて、
　　やさしくキスしようと待っています。

（第一幕第五場）

My lips, two blushing pilgrims, ready stand
To smooth that rough touch with a tender kiss.

かたやジュリエットは乙女の恥じらいをみせて、ロミオが迫るのを拒みつづけるのだが、とうとうロミオの「唇」攻撃にやられてしまう。二人の恋が開始するのは、この瞬間においてである。しかし若い二人は恋の戯れにどっぷりと浸かったまま、ときの経つのも忘れてしまうわけにはいかない。それどころか、二人の恋は奈落の底へと暴走し、生と死のはざまにこの世ならぬ美しい詩を産みおとすのだ。その顚末は如何に。

さてもジュリエットは修道僧ローレンスの一計に従い、しばし仮死状態におかれるという薬物をあおる。ジュリエットはキャプレット家の墓所に葬られるが、その間にロミオが追放先からひそかに戻り、ジュリエットをつれて逃亡するという筋書きであった。しかしその計画が狂う。ロミオは恋人がほんとうに死んだものと受けとめ、みずから毒薬をふところに墓所へ急行してみれば、霊廟のなかには美しいジュリエットが眠っているではないか。ロミオの絶唱がわれわれの胸を打つ場面だ。なおもみずみずしい女の唇と頰をたたえ、この目、この腕に最期の別れを託そうとする。ロミオは用意してきた毒をのむ。そうして、ふたたび「唇」である。

ロミオ　この口づけで、おしまいだ。（第五幕第三場）

Thus with a kiss I die.

悲しいかな、この直後にジュリエットが目をさましてロミオの死を知るのだが、ロミオの後を追うにも毒はもう残されていない。とっさにひらめいてロミオの唇から毒の残留を吸い取ろうと考える。そのときジュリエットが知ったのは、ロミオの唇に漂う毒の味ではなかった。「唇」そのものである。

ジュリエット　唇が、まだ温かいなんて。（同前）

Thy lips are warm.

ロミオとジュリエットは、いずれも相手の死が信じられない。もちろん、その死を認めたくないという強い願望が手伝ってのことだろう。ちなみに、『ロミオとジュリエット』の初版（『第一・四つ折本』）が出版されたのは一五九七年で、これは愛児ハムネットの死後ほどなくして書かれた作である。種本ではジュリエットの年齢が十六歳であるのに、シェイクスピアはこれを十三歳にまで引きおろした。なぜだろう。思えばこれを書いた当時、長女スザンナが十三歳、またジュリエットの乳母の死んだ娘スーザンも生きていれば同年であったはずだ。劇中のスーザンが実在のスザンナを想起せしめ、スザンナが死んだ弟のハムネットを呼びおこす。ジュリエットの十三歳という年齢設定が、これらの連想を可能にさせているとも考えられよう。乳母の悲しいせりふに、「ええ、スーザンは神様といっしょなの。あの子は、あたしなんかにゃもったいない（第一幕第三場)」(She was too good for me.) というのがあるが、ここに息子を亡くした作者自身の悲しみの声を聴く読み手もあってよいではないか(*2)。

唇をはじめとする肉体の魅力が、男女の恋をつなぎとめ、悲劇の絶壁のふちに一片の詩を咲かせるのだ。悲劇『ロミオとジュリエット』にそれを見るならば、かたや喜劇『十二夜』にあっては、同じ肉体の魅力が勝手気ままに人心を翻弄したあげく、しまいには生の謳歌に大きく加担していく。いずれの作も、悲劇喜劇の差は別として、二つながらどこかで神のいたずらに抵抗し、神の気まぐれを超越しているように思われる。

ところで、劇中人物ならぬシェイクスピア自身の顔つきとは如何なものであったか。これは誰しも気になるところだろう。シェイクスピアの時代ではまだ写真が発明されていなかったから、人相を知るには肖像画、スケッチ、版画、ミニアチュアなどに頼るほかない。事実、シェイクスピアの肖像画も数点残されていて、そのいずれが実際のシェイクスピアに近いかと問いたくなるわけだが、そもそも肖像画たるや、実物の鏡ではあり得ない。そこには必ず画家の主観がしのび込み、また描かれる側の希望やら要求やらが加わる。現存するシェイクスピア肖像のうちでどれが本人の顔にもっとも近いかという問いはあまり意味がなく、一つ一つがシェイクスピアの実像の何がしかを写し、また何がしかを偽っているはずなのだ。しかしそれはそれとしながら、シェイクスピアの生きた時代に制作された肖像画となると、わずか二点をかぞえるのみで、あとはオリジナルの模写か、偽物である。なかんずくシェイクスピア生前の時代の肖像画であれば、当人を前にして描かれた公算が高いわけだから、その意味でも無視できない。一つがチャンドス・ポートレートであり、これはジョン・テイラーという画家が一六一〇年に描いた油絵である。大きな目が静かにこっちを見ている。貫禄のある顔に額が禿げあがっていて、ひげは伸び放題のようだが、金のイヤリングやら細く垂らしたタイなどからおしゃれな感じが伝わってくる。唇はかすかに開いて、軽やかなさえずりが今にも聞こえてくるようだ。この肖像画のシェイクスピアには、どこか田舎の富農、あるいは敏腕な実業家といった趣が感ぜられないだろうか。

もう一つ、シェイクスピアの時代に描かれた肖像画としてコッブ・ポートレートがある。これは最近アイルランドで発見されて物議をかもした作だが、やけに若々しいシェイクスピアがとび出してきて面喰らってしまう。鼻すじから口もとから、どこまでもやさしい印象で、まことに線が細い。面長の頬には紅が散っている。チャンドス・ポートレートのシェイクスピアには気安く近づけない重厚な感じがあるが、こっちのシェイクスピアはいかにも人がよさそうである。スタンリー・ウェルズ教授などは、これこそ実際のシェイクスピアに近いと力説してやまないが、シェイクスピアの顔なんぞ誰も知らないわけだから、先生、何を根拠にそこまでおっしゃるのか(*3)。コッブ・ポートレートはさまざまな調査から一六一〇年ごろの作とされるが、ならば、シェイクスピア四十代後半のときの画であろう。どう見ても、これがその年齢の顔とは思えない。

フラーワー・ポートレートはひと頃もっともよく知られた肖像画で、『シェイクスピア戯曲全集』(『第一・二つ折本』)の扉を飾る版画のもとになったといわれてきたが、近年の調査によってそれが誤りであると判明した。画の左上に１６０９と制作年を記しているものの、この画に使用された顔料は、十八世紀初期になるまで登場しなかった代物なのだそうだ。冷たい目つき、キュッと走った鼻すじ、弓のような眉に引きしまった唇、その唇の上下には端正なひげが付いている。どこか品のあるこの面長のシェイクスピアは、われわれのよく親しむところだが、これは『第一・二つ折本』の扉絵を模写した十九世紀初頭の作であったようだ。一方、『第一・二つ折本』の画そのものはどうかといえば、左下の隅にマーティン・ドローシャフトのサインが見えるわけだが、この画家は何者か。これはたいへん評判の悪い画で、扉に付したベン・ジョンソンの辞にも不満の色がうかがえるほどである。実はこのマーティン・ドローシャフト（1601-50）は二十歳そこそこの駆け出しで、技量がまだ不十分であり、事実、一枚の古い板に描かれたシェイクスピア肖像（一六〇九年）をもとにしてこれを制作したといわれる(＊4)。その古い肖像の作者とは、これも同名のマーティン・ドローシャフト（1560-1642）、すなわち先の若者の叔父である。

ここでもう一つ加えるなら、ストラットフォードのホーリー・トリニティー教会にあるシェイクスピア胸像を挙げておかねばならない。これはシェイクスピアのデスマスクをもとにして制作され、シェイクスピアの墓の脇にすえられ、今日われわれの目にもふれるところとなっている（本書扉絵）。ギーラート・ジャンセンによる一六二〇年の作であるが、この像が仕上げられたとき、シェイクスピアの妻をふくむ親族の人びとが、「お父さんにそっくりだ」という感想をもらしたとのことだ。ちなみにこの胸像は、俗に「ブタ肉屋」（Pork Butcher）と渾名されているものだが、見る人が見れば、このふっくらとした顔、明るい、屈託のない目、ばかに大きな頭、これこそがシェイクスピアその人のイメージを伝えるという話になるのかもしれない。台座に刻まれた数行の銘文は義理の息子ジョン・ホールによるという説もあるが、これはこれで、かねてより論議の的とされてきた。洗礼名が欠けていたり、語彙が不自然であったりする点から、これを未完成の銘、あるいは仮そめのものと考える識者もある(*5)。

いずこにもシェイクスピアがいて、シェイクスピアはどこにもいない。われわれはただ、われわれの偶然の好みにもとづいて、めいめいに「シェイクスピアの実像」なる虚像を胸に抱いているのだろう。

シェイクスピアの顔、あるいは人間シェイクスピアの実像なるは、何はあれ、彼の遺した作品のなかにこそ求められるべきかもしれない。『シェイクスピア戯曲全集』(『第一・二つ折本』)を刊行したジョン・ヘミングズとヘンリー・コンデルが同書に付した「読者大衆へ」の言葉はつよく胸にひびく。

……これを読むのが、諸君のお務めです。めいめいの能力に応じてめいめいが魅せられ、虜になる何かを見出されますように。シェイクスピアの知恵は覆うべくもなく、見失われるものでもありません。だから、読みたまえ、くり返し、またくり返し読みたまえ(*6)。

シェイクスピアが遺したほんとうの財産、そしてこれまた比喩になってしまうが、真の「遺言書」も、作品の行間にこそ保存されているのではないか。それを実際に引出して読むほかに、われわれとして採るべき道はないだろう。

(注)

(＊1) 類似のパターンとして *The Sonnets*, vi ix参照。

(＊2) Weis, René. *Shakespeare Revealed*, John Murray（2007）p.203.

(＊3) Broth, Mark and Edmondson, Paul. *Shakespeare Found: A Life Portrait*, Shakespeare Birthplace Trust（2009）参照。

(＊4) Fripp, Edgar I. *Shakespeare's Stratford*, Oxford University Press（1928）p.75. これについては異説あり。

(＊5) Price, Diana. 'Reconsidering Shakespeare's Monument', *Review of English Studies* 48.（1997）pp.180-181.

(＊6) Duncan-Jones, *Shakespeare: An Ungentle Life*, p.322. 参照。

遺言書にない遺産

ふつう遺言書には、死者から生者への贈り物を記す。金品やら土地やら家屋やら、またその他の所有権などを明記して誰かれに贈るわけだが、シェイクスピアの場合、遺言書にあらわれていない大きな遺産がある。もちろん、本人自身がそれを遺産のうちに含めようとは考えなかったから、くだんの遺言書には一筆も触れられていない。他でもなく、都合四十作ほどの戯曲と詩がそれである。これは作者の意思とは別に、この四百年を通じて世界じゅうの人びとに等しく譲渡されてきた。シェイクスピアの遺言書には、動産や不動産が目白押しにならんでいても、形なき精神に形を与えた作品群となれば、そっくり財産目録から外されて、遺言書のおもてには影もかたちもない。これがたとえば、悲劇はみんな長女に、喜劇は次女に、歴史劇のなかの二番目に良くできた作を妻のアンに贈るというような話になれば、むしろわかりやすいかもしれない。しかしシェイクスピアのとらえるところ、戯曲は芝居の興行主に売ってしまえばもう自分のものではない。詩の原稿も版元に売ったあとは自分のものではない。作品がその後どのように一人歩きしようが、本人としてはあずかり知らぬ話なのである。かくて、シェイクスピアの作品が、生みの作者から遠くはなれて世界の果てまで飛翔していく結果になった。思えば、不思議な因果である。

たとえばドイツでは、ゲーテが力をこめてシェイクスピア称揚をなす百五十年も前に、『ハムレット』はもうドイツ語に訳されて（*Der Bestrafte Burdermond*『兄殺しの罪』）舞台にのった。ポーランドでも一六一一年には、早々とシェイクスピア劇が演じられている。フランス版『ハムレット』の翻案ものとしては、モンフリューリによる『トラシーブュル』（*Trasibule*, 1663）が早い例として挙げられるが、ここでの主人公は実に行動的であり、最後には悲願の復讐をなし遂げる。まことにもって、所変れば品変るというあんばいだ。アメリカではどうかといえば、ヴァージニア州に移民が渡った当初（一六〇七年）は新生活の構築に追われてシェイクスピアどころではなかったらしいが、十八世紀の前半にもなれば、シェイクスピアの戯曲や詩はとくにハーバードの学生たちにもてはやされ、同世紀のなかごろから舞台上演も盛んになった。記録によれば、一七五〇年以降四半世紀のあいだに一八一回のシェイクスピア上演があり、そのうち最も多かった演目は『ロミオとジュリエット』（三五回）で、それから『リチャード三世』（三三回）、『ハムレット』（二四回）とつづく。ロシアではやや遅れたものの、シェイクスピアは十九世紀の作家たちの魂をうばい、とりわけプーシキン、ツルゲーネフ、ドストエフスキー、チェーホフらの制作意欲をふるい立たせた。『罪と罰』のラスコーリニコフのなかにはマクベスとハムレットが同居しているし、チェーホフの『イワーノフ』には、いかにもロバート・バートン著『憂鬱の解剖』（一六二一年）を反映させたハムレット像が見える。

インドへむかう長い船旅にあって、シェイクスピアが船上で演じられていた事実はウィリアム・キーリング船長の日記にあるが、これは一六〇七年、八年のことで（*1）、シェイクスピア劇はこれだけ早くに、もう一人旅に出てしまっている。かたや中国への伝播はずっと遅れて二十世紀の到来を待たねばならなかった。しかも毛沢東の政権下にあって藝術活動は禁止されていたから、いよいよシェイクスピア熱が世に高まるのは二十世紀も終りへむかう頃であった。近年では中国版『ハムレット』に『夜宴』（DVD: *The Banquet*）という映画化の例もあり、シェイクスピア劇がいよいよ舞台から降りて諸方面にひろがってゆく動きさえうかがえる。この映画は内憂外患の絶えぬ古代中国を背景にして、母親と息子のねじれた愛や、残虐や、エロスをちりばめた新しい人間ドラマを前面に押出しているが、劇中あちこちにハムレットの影を潜ませながらも、悩みためらう憂鬱な王子の姿などはどこにもない。

さて、日本におけるシェイクスピア劇の浸透はいかがであったか。最も早い事例が明治七年（一八七四年）の『ザ・ジャパン・パンチ』誌上にうかがえるわけだが、シェイクスピアの名（シェーケスピール）となればさらに遡って、一八四〇〜四一年にオランダ語から重訳された『英文鑑』に初めて登場する。もしや、この間の三十余年にあって、何か上演のごときが行われていたかどうか。それを立証する資料が、いつか発見されるかもしれないが、今のところ、その痕跡はない。

「アリマス、アリマセン、ソレハナンデスカ……」というぐあいに、"To be, or not to be: that is the question…"が一種珍妙なる翻訳にすり変わって紹介されたのは、上記『ザ・ジャパン・パンチ』によるものであった。翻訳者は『ロンドン・ニューズ』紙の日本特派員として横浜に在住したチャールズ・ワーグマンである。訳文には芝居小屋のスケッチも添えられていて、当時の芝居の様子が、またシェイクスピア劇の受容の情況などが看て取れる。ハムレットは腰に刀をさし、ちょんまげを結っているところからも、おそらく封建社会のテーマを引きずって生きる人物として、また前代に栄えた歌舞伎との類似のうちに、その人間像がとらえられていた感がある。歌舞伎調については、それよりも何よりも、明治期のシェイクスピア翻訳をベースにとことん心血を注いだ坪内逍遥訳が忘れられない。

逍遥は一九〇九年、五一歳の折に文藝協会演劇研究所を開設した。その文藝協会が逍遥訳『ハムレット』を上演したのは一九一一年で、これを起点に新劇が始まったとされる。それからは洋物が、翻訳や翻案やさまざまな演出の工夫によって姿かたちを変え、日本文化の土壌に根をおろしていった。河竹登志夫著『日本のハムレット』(南窓社、一九七二年)によれば、日本におけるシェイクスピア受容の二つの筋として、あくまで上演のための戯曲と考えるのが一つ、もう一つは文学としてこれを扱うというものがある。二つの筋が合流するのは文藝協会による『ハムレット』であったそうだが、ここに「前近代的なもの」と「近代的なもの」との歪んだ合流を氏はとらえている。しかし中国でもロシアでもポーランドでも、外国作品の受容となれば、いずれもみな自国の固有色を一方に残しているわけで、歪んだ合流のごときはかならず生じるものだろう。日本の場合、両者の合流はその後みごとな大河に成長することなく、ふたたび離れて戦後をむかえるという話だが、ならば、戦後にあって翻訳や研究の花ざかりとはいったい何なのか。これはまた、再度の「歪んだ合流」か。

河竹氏は上記の著書巻末に歴代の〝To be, or not to be……〟の訳例を三二種ならべているが、これは「あちらに在って、こちらに無いもの」を何とか移入しようと奮闘した先人らの足跡そのものである。ここにはまた、文学作品の翻訳として自明の理でありながら、とかく忘れられがちな基本姿勢がはっきりとうかがえる。すなわち、シェイクスピアを文学として読むかぎり、大意が伝わればよしとするのではなく、言葉の一つ一つが固有の耀きを放つようでなければならない。これは、いわずもがなの言である。けだし翻訳の可能性はその一点にこそ求められるべきであり、一言のせりふが三十以上もの訳例を生みだすというのも、故なきことではない。

わが国における初期のシェイクスピア受容について他にいくつか見ておこう。逍遥が『早稲田文学』で唱えた「没理想」の概念に反論したのは森鷗外であったが、議論の可否はともかく、鷗外の「柵草子の山房論文」にはシェイクスピア讃仰の文言が散見する(*2)。

「……シエクスピイアが戯曲古今に独歩す。さればバイロン、スウィフトのともがら、たとひ多く戯曲を作りぬとも、シエクスピイアにおなじき境地には至らざるべく、近松は戯曲を作りけ

れども、その客観相をあらはしたる中に類想に近きところあれば到底シエクスピイアには及ばざるべし」（旧字改訂、以下同様）

「シエクスピイアは大詩人なり。その作の造化に似たるは、曲中の人物一々無意識界より生れいで、、おの〳〵個想を具へたればなり。その作の自然に似たるは、作者の才、様に依りて葫蘆を書く世の類想家に立ち超えたりければなり。早稲田文学はこれに縁りて、シエクスピイアを没理想なりとす。われは其意を取りて其言を取らず。没理想は没理想にあらずして、没類想なればなり」

大変な誉めようである。この「大詩人」を相手にしては敵う者とてなく、まさに「古今に独歩す」というあんばいであったそうだ。かくも熱いまなざしをもって、鷗外は『マクベス』一巻を翻訳している（*3）。

鷗外といえば、どうしても漱石とくるわけだが、漱石の論考中にはマクベスあり、フォールスタフあり、リチャード二世あり、さらには『オセロー』全編の評釈さえもあって、一人の真面目な学究が力いっぱいシェイクスピアにぶつかった形跡は疑うべくもない。ただしシェイクスピア劇の上演となれば、東西文化の狭間に身を置いて苦しんだ漱石にとっては単純に喜べないものがあったようだ。文藝協会による『ハムレット』公演に寄せた不満の弁などは、漱石の偽らざる感想であっただろう。これはまた、逍遥の演劇熱と試行錯誤にむけられた厳しい批判とも読める。

「片言隻句の末に至るまで、悉く沙翁の云ふが儘に無理な日本語を製造された結果として、此矛盾に陥たのは如何にも気の毒に堪へない」（旧字改訂、以下同様）として、「英国が劇と我等の間に挟まってゐる」、さらにまた、「要するに沙翁と云ふ一人の男が間へ立つて、凡て鑑賞の邪魔をしてゐるのだと憚なく云ひ切りたい」と断じている（＊4）。漱石からすれば、外国劇をそのまま日本の土壌に移してみても、ちっとも面白くないのである。

つづいて四人の近代作家とシェイクスピアとの交わりについて触れておきたい。めいめいが『ハムレット』一巻をどう読み、日本語文化の苗床にどのような種を蒔いたかというスリリングな話になる。以下はかつて書いた拙文の一部抜粋になるが（早稲田大学英文学会『英文学』第八十二号）、ここにお許し願って再録させていただきたい。

……志賀直哉「クローディアスの日記」、小林秀雄「おふえりや遺文」、太宰治『新ハムレット』、大岡昇平『ハムレット日記』と、原作の読みの結晶をここに並べてみる。どれもが皆興味ぶかい。めいめいの作物にあふれる着眼、解釈、切込みやストーリー展開のもろもろは、むろん原作『ハムレット』に誘発されたものだ。『ハムレット』の読みが、個々に光っている。しかしいずれも原作べったりの読みではない。原作に振りまわされてはいない。原作のエッセンスを胸いっぱい吸引して、ついに原作の殻を突き破ってゆく、そんな猛々しい、野生動物の「読み」なのである。

順序を気にせずに、まずは太宰治の『新ハムレット』から見てみよう。これは昭和十六年七月、文藝春秋社より刊行された。

「これは沙翁の『ハムレット』の注釈書でもなし、または新解釈の書でも決してない」と断り、「作者の勝手な、創造の遊戯に過ぎないのである」と太宰は巻頭に述べているが、ともあれ、ずいぶん大胆な試みである。原作に奔放な解釈が入り込み、原作は大いに歪められ、味付けされている。しかし一味ちがったこの珍味が、また何ともいえない。

　何よりもまず実感されるのが、原作にうねる悲劇の色あいをどこまでも抑え、悉く脱色してかかっているという点である。ハムレットはぐうたらの甘えん坊と化し、ポローニヤスは調子のいい俗物、ホレーショーは只の友達、オフィリヤなどもごく平凡な娘で、まもなくハムレットの子を産もうと張り切っている。母親ガーツルードなどは神経過敏のところもあって、しまいに庭園の小川に飛び込んで死ぬ（オフィリヤは死なず）。肝腎のクローヂャス王はどうかといえば、これはハムレットから山羊のおじさんなんて親しげに呼ばれて、両者はげしく啀（いが）み合うどころの話ではない。全編に冷笑や、皮肉や、お道化の片々が散らばって、悲劇の嵐なぞ一向に吹きそうもないのだ。こういう裏返しの作を読めば、原作の特質も、迫力も、いよいよ鮮やかに際立ってくるというものである。

　ハムレットの叔父疑惑にしても、ここでは世間の噂という、いかにも白昼あけっぴろげの間のぬけたところから出発する。証拠をつかもうとして、朗読劇なりを企てるのはポローニヤスであり、その結果などもまことに他愛ない。

ポローニヤスは王の居間へ呼ばれて、ぽろっ、とこんなことを洩らす場面さえある。「王さま、あなたは、わるいお方です。――（中略）――あの事を、わしは知らないと思ってゐるのですか。わしは、見たのです。此の眼で、ちゃんと見たのです。二箇月前、あれを、一目見たばかりに、それ以来わしは不幸つづきなのだ」

ポローニヤスは見てならぬものを見たようだが、それが一体何であるのかわからない。真実は作品の底にもぐってしまっている。次に、クローヂャスが短剣を抜き、ポローニヤスを刺し殺すというとんでもない話に飛躍するが、それにつづく王の台詞もまた謎めいていよう。「涙。わしのやうな者の眼からでも、こんなに涙が湧いて出る。この涙で、わしの罪障が洗はれてしまふといいのだが、ポローニヤス、君は一體なにを見たのだ。君の疑ふのも、無理がないのだ。あっ！誰だ！　そこに立っているのは誰だ！　逃げるな。待て！　おお、ガーツルード」

ここで「罪障」と呼んでいるのは、先王殺しを斥すものか。それをポローニヤスに目撃された、と勘ぐったものか。その件と、ガーツルードがここに登場するのとは、どう繋がるのか。いかにも謎を含んだ台詞である。読者の解釈を俟たねばならぬところだが、もしや、「罪障」とは、ガーツルードとの秘められた過去の関係を斥しているのではないか。太宰の作品の、こんな所にも、やはり原作の「読み」が深く食い込んでいる。

しかし原作をどう読もうが、最も肝腎な一点――クローヂャスは先王を殺したか、否か――これは作中最後の最後までぼかしてあるのだ。ハムレットを前に、クローヂャスはこんな調子なのである。「君が、それほど疑ふなら、わしも、むきになつて答へてあげる。ハムレット、あの城中の噂は、事実です。いや、わしが先王を毒殺したといふのは、あやまり。わしには、ただ、それを決意した一夜があつた、それだけだ。——（中略）——恋のためだ。くやしいが、まさに、それだ」

これではハムレットも気が抜けただろう。正義感なり徳義心を振りかざして、正面から叔父を憎むわけにもいかぬ。「僕の疑惑は、僕が死ぬまで持ちつづける」とこぼすほかにないわけだが、このもやもやとした、曇天のような感情に染めあげて一作を仕上げたのは、太宰治の狙いでもあったか。太宰本人の述懐によれば、シェイクスピアの原作は「情熱の火柱が太いのである。登場人物の足音が大きいのである。なかなかのものだと思った。この『新ハムレット』などは、かすかな室内楽にすぎない」（『新ハムレット』はしがき）。確かにその通りである。

大岡昇平の『ハムレット日記』へ移ろう。これは昭和三十年五月から十月まで『新潮』に連載され、後年の加筆や一部追加があって単行本となった。主人公の疑惑と、人間観察と、内省のもろもろが、当人の日記のなかに綿々と織り込まれてゆく。原作のあちこちに弾ける独白が、あのハムレットの地声が、ここでは作中随所から聞えてくる。しかも『日記』は原作の筋のはこびを丹念にたどって、人物相互のやりとりや、いちいちの場面を忠実に反映させながら、要所から要所へと論理的整合の糸でつないでみせようとするのである。

「叔父が憎い。しかし父は本当に殺されたものか——これらすべてが、一個の不平不満な王子たる私の、空想から出た妄想にすぎぬかも知れぬ」。これなどは恐るべき内省だ。つづいて、確かな証拠が欲しいと思うわけだが、証拠は何よりも己の心のぐらつきを止めてくれるはずなのに、そんなものはありやしない。父の亡霊？　否、ハムレットは周囲を煽動するために見えぬものを見たと偽って、「今後私の方針は叔父上の有罪の確信を、人々の心に植え付けること、ただそれだけである。真実であろうとなかろうと、立証せねばならぬのだ。——（中略）——全世界を欺かねばならぬからだ」と勇躍する。つまり、ハムレットは初めから、有罪か否かの検証などに踏み込む気持はないらしい。ひたすら行動を、行動のための行動をねがって、その起爆エネルギーを己の内側にたわめようとするのだ。「無」から「有」を生み出そうという次第である。

しかし原作に照らせば、やはりクローディアスのあの祈りの場面（第三幕第三場）が気になる。むろん日記である以上、ハムレットの側から観察したことだけが叙述されて、クローディアスの内面告白も、兄殺害の事実も、おもてに現れるはずもない。ここが原作と異なるところだ。案の定、こんな記述となる。「何を祈っているのか。企んだ芝居によってあばき出された罪の怖しさに震えおののき、神に助けを求めているとすれば、これまた彼の有罪の証拠だ。——（中略）——いずれにしても絶好の機会だ。既に罪状明白なる上は、ただ一刺にするばかりだ。私の心は躍った」

またしても強引な理屈である。「何を祈っているのか」わからず、王の罪科も不明でありながら、これを有罪と決めこんでハムレットは行動に出る。そうして、二人の衛兵の槍によって行手を阻まれるという為体だ。原作のハムレット像が、いかにも貧しく縮んでしまったように見える。

次は、小林秀雄の「おふえりあ遺文」を見よう。これは昭和六年十一月の『改造』に出た。原作のオフィーリヤは、人も知るとおり、ハムレットに愛され捨てられて、父を喪い発狂したあとに、水に落ちて死ぬ。しかしこの、ハムレットに宛てた女の遺書では、原作を彩るくさぐさの出来事は行間に封じ込められ、抑圧されて、異様なばかりの静寂が漲っている。「色んな事があつたぢゃありませんか、色んな事が、ねえ、思ひ出して下さいな、色んな事が、…あ、、お父様…」

(旧字改訂、以下同様)

作者の眼は、もっぱら女の心の闇を見つめている。女は夜明けを待って、人生の残されたこの一ときに、末期の言葉をすっかり吐き出そうとするのだが、「妾はたゞ何んとも口で言へない程悲しい」という。あるいはまた、「心といふものは生き物です、到底、人間なんぞの手には合はない変な生き物です」と訴える。彼女はまるで、ハムレット自身の、あのどうにも御しがたい心をそのまま抱き込んでいるかのようだ。

「言葉はみんな、妾をよけて、紙の上にとまって行きます。…一体、何んだらう、こんなものが、…」

混沌の果てにひろがるこの静かな虚無、うち沈んだ悲しみ、これこそが小林秀雄の一作を貫く情調に他なるまい。死を決意したあとでは、もはや何もかも、形くずれ色褪せて、みるみる煙と消えてゆく。そうして彼女は、さながらハムレットの煩悶を嗤い、人間理性の空しい営みを冷ややかに突き放すように、こういう。「問題をお解きになるがい丶、あなたのお気に召さうと召すまいと、問題を解く事と、解かない事とは大変よく似てゐる。気味の悪い程、よく似てゐます」目前に死をはっきりと見たこの女にとって、亡霊のことなぞどうでもいい。クローディアスの悪行が黒か白か、証拠はあるか無いか、いずれも皆どうだっていいことだ。彼女の目には万事がそんなふうに映る。ただ何としても譲れぬ、偽らざるわが心の表白としては、「妾はあなたが恋しい、どうしても、恋しい」――この一言に尽きる。一人の女のこの燃ゆる叫びを、作者はその遺書のおもてに深く刻んだ。これが小林秀雄の『ハムレット』の読み方であった。

原作の器用な解釈など、ここにはない。片々の辻褄合わせなど一つもない。人間の心の止むに止まれぬ、どう処理しようもない、狂おしい動物じみたうごめきを、死に赴くオフィーリヤの心に重ねてみせた、というべきである。人間の心の一典型を、狂気から死へ駆ける女、オフィーリヤの裡にしかと読み取った、そんなふうに読める。

最後に、志賀直哉「クローディアスの日記」を見る。これは大正元年九月『白樺』に発表された。ここで取り上げた四作のうちでは最も古い。「創作余談」のなかに、こうある。「『ハムレット』の劇では幽霊の言葉以外クローディアスが兄王を殺したといふ証拠は客観的に一つも存在していない事を発見したのが、書く動機となつた。クローディアスといふ『ハムレット』中の人物をとつて来た以上、『ハムレット』に書かれた事と矛盾したくないと思つたので辻褄を合すのに却却骨が折れた。――(中略)――可憐ではあるが、ハムレットのさういふ憂鬱な気持を慰める力のないオフィリアも如何にも女らしい女で面白く思われた。私は『ハムレットの日記』も書けると思ひ、我孫子に住んでいた頃、少し書きかけたが出来なかつた」。（旧字改訂、以下同様）
志賀直哉の頭を過ったこういう興味は、後輩の小林秀雄や、大岡昇平や、また太宰治の筆さえも刺激したことだろう。なかでもその創作態度や、作品の形の上では、大岡昇平が最も近い位置にいたようである。

ハムレットは叔父を憎む。だが志賀の場合には逆に、叔父クローディアスの側から一部始終をとらえ直して書いている。クローディアスのハムレット観察と、己の心の真実が「日記」のなかに一つまた一つと明かされ、積み上げられてゆく。憎み、憎まれる、という関係をひっくり返すことで、別の一面が顕れるわけだ。ここに、原作をひねった作者の「創作」が入っていることはいうまでもない。

「…乃公が何時貴様の父を毒殺した?」と口調が一変して、いよいよ山場にさしかかる。毒殺云々は事実無根である、というわけだが、日記はさらにつづいて、「乃公は乃公自身が恐ろしい悪人だったと、そんな気がして来た」だの「自分に於ては『想ふ』といふ事と『為す』といふ事とには、殆ど境はない」など、ついに己の意識そのものが怪しくなってしまう。まさしく、人間の心とは化物である。怖ろしい話だ。

結局、クローディアスとしては兄を毒殺した覚えなぞないが——毒殺を想い——すなわち兄を毒殺した、となるのか。こういう不気味な心理の綾に苦しめられながら、クローディアスは己の心の深みへじりじりと嵌っていくのだが、これはちょうど、ハムレット自身のあの二重三重に屈折した内省にも似ている。クローディアスがハムレットの性格の一面をそのまま映して、日記のおもてに顔を出しているともいえよう。

クローディアスはハムレットに憎まれ怪しまれるうちに、逆にハムレットを腹の底から憎むようになる。奴を亡き者にしようと企てる。ハムレットの殺意を感じたというわけだが、これももしかしたら、例の「想像」の産物かもしれないのである。

クローディアスはハムレットをとことん憎む。その余波から、やがてガートルードとの関係にも影がさす。オフィーリアは発狂し、ポローニアスは殺されて、ついにハムレットが死ぬか、もしやクローディアスの死に帰着するかというところで、この日記は断れている。結論はわからない。そのわからないところに、作者の狙いがあったようである。

「『クローディアスの日記』に就いて——舟木重雄君に——」という志賀直哉の一文に、こんな記述が見える。「クローディアスが兄を殺したといふ証拠は客観的に一つもないのに気がつきました。坪内さんの翻訳を其後読んでみたのですが、クローディアスの独白にたしか二タ所か、罪に責められる所があるが、それとても兄の妻をその後直ぐ妻にしたといふ事で慣習的な道徳心から責められてゐると解つて解れなくないのです。然しその前に幽霊といふ証拠がありますが、この証拠を確かめた者はハムレット一人です。——(中略)——もう他にはクローディアスがハムレットの父を殺したといふ証拠は一つもなくなるのです。そして仮りにクローディアスが実際に殺してゐなかつたとすれば作者は殺したとして作つた芝居ではあるが、それを其儘にさうでなくも見られる所から――さう見ても見られるといふ事は、私は作者の手ぬかりだと思ふのです」

しかし、「作者の手ぬかりだ」と取るのは誤りである。なぜならクローディアスはまちがいなく兄王を殺しているのだから。亡霊の一件も、旅役者のくだりも、確かに証拠としては甘い。ハムレットの幻想が、あるいは願望が、クローディアスを罪人に仕立てているとも取れるが、しかしシェイクスピアに「手ぬかり」はなかった。第三幕第三場に決定的な言葉を置いて、クローディアスの罪を動かぬものとしているのである。坪内逍遥訳から、そのくだりを引用してみよう。クローディアスが罪を悔いて祈る場面である。

「おゝ、穢き我罪の此臭みは大空へも達かうわい！　此世界開けて最先の大逆罪…兄殺し！――（中略）――さうぢゃ、此上は神に縋らう。俺の科は過去の事ぢゃ。…が何といふて祈つたものであらう？　非道の害毒をゆるさせられませ？　いやいや、これではならぬわ。殺して取った王位、王冠、王妃をば其儘にしておいて、罪だけを免さるゝことが出来ようかい？」

もはや贅言を要すまい。シェイクスピアの原作では、クローディアスにまちがいなく兄王を殺したといわせているのだ。原作の悲劇において、この土台だけは崩すわけにいかない。悲劇の殿堂は、この揺るぎない土台の上に建つ。「乃公が何時貴様の父を毒殺した？」とは、原作の行間から絞り出された文句というよりも、志賀直哉の創作の言葉なのである。

　さて話変わり、イギリス本国にあって、シェイクスピア遺産はどのように受け止められてきたのだろうか。諸外国（英語圏を除く）とそれとの決定的なちがいは何なのだろう。いうまでもなく、イギリス人は原典に接するほかないから、原典から直に伝わってくる意味内容、ニュアンス、情感をもってシェイクスピアを理解するだろう。あるいはそこから舞台上演や、批評や研究、あるいは新たな表現メディアへと展開していくことにもなる。彼らには翻訳というものがない。しかし本当にそうだろうか。否、個々の解釈や分析に際して、めいめいの頭のなかでやはり原典の《翻訳》を行っているともいえるわけで、広い意味での翻訳は常に介在するはずだ。そういう観点から、彼らのその《翻訳事業》に、ここで少し踏み込んでおくのも無駄ではないだろう。イギリス人がシェイクスピアをどのように捉えてきたかについて検分してみるのは、一外国人として、少なからず参考になるはずである。

　シェイクスピア作品が舞台だけに止まらず世にあまねく浸透するようになったのは、一六二三年の『第一・二つ折本』の刊行によるところが何としても大きい。これを皮切りに第二、第三、第四と『二つ折本』がつづき、十七世紀のあいだに四種のシェイクスピア全集が出された。シェイクスピアは没後しばらく一部の不評を買っていたようだが、この全集出版の動向をみるに、さほど不評であったはずはなく、むしろシェイクスピアをとらえる視点が徐々に変わっていったというべきかもしれない。すなわち、観る（聴く）シェイクスピアから、読むシェイクスピアへと力点が動いていったようである。

早くからシェイクスピアを評したジョン・ドライデンによれば、「シェイクスピアは…常に機知を見せたり、高貴な題材に添うように機知を表現したわけではないから、古今の最もつまらない作家よりも下手な箇所が多い。どんな作家も彼ほど、あのような高邁な思想に、あのような拙劣な表現を与える軽率を犯してはいない」(*5)という次第である。さらにトマス・ライナーの評となると、「この劇(『オセロー』)には、観客が喜びそうな茶番やユーモア、それに喜劇的機知のある漫談、見せ場、物真似などがそれぞれいくらかずつある。しかしながら、悲劇的部分が味も素気もない残虐な茶番劇以外の何ものでもないことは、明らかである」(*6)と、なかなか厳しい。

その後十八世紀に入れば、ニコラス・ロウによる六巻本の全集が伝記付きで公刊され(一七〇九〜一〇年)、やがてシェイクスピアは一介の芝居書きから文学の巨星とまで崇められるようになった。『スペクテイター』誌ではシェイクスピアを「天才的自然児」と讃え、折しも世にあらわれたノヴェルの書き手たちは口々にシェイクスピアの名を唱え、その作物から文学の滋養分を大いに吸収した。十八世紀六〇年代には文学界の重鎮サミュエル・ジョンソンがシェイクスピア全集の校訂に打ち込み、刻苦の大業を仕上げ、その種の熱い根気のいる仕事はさらに十九世紀、二十世紀へと継承されていった。シェイクスピアの神格化というような現象は、文字をじっくりと読み味わう体験と切っても切り離せず、いうなれば、信頼に足る刊本の発行こそがシェイクスピア人気を煽ったのであった。十九世紀初頭のチャールズ・ラムなどは、あれだけの芝居好きでありながら、「シェイクスピアは読む戯曲である」とまで公言している。ラムについては、またあとで触れたい。

もちろんシェイクスピアは、読まれるべき劇作家として終始したわけではない。上演に関しても、たびたび引合いに出されるのが名優デヴィッド・ギャリックのシェイクスピア讃仰と、その結実たるストラットフォード記念祭（一七六九年）である。このときギャリックはシェイクスピアを讃えて十二作を舞台にのせた。その後十九世紀に入れば、厳しい劇場法やら原作の歪曲やらの圧力を受けながらも、一方ではシェイクスピア劇の名優・名女優が世に輩出していった。

批評の領域をのぞいてみるに、こちらはまことにもって喧しい。コールリッジやカーライルはゲーテ譲りの、いわゆるロマン主義批評に与し、激しい情熱をもって劇中人物と交わる彼らの姿勢は、二十世紀のA・C・ブラッドリーによる性格批評にまで引継がれた。そのブラッドリーに対抗するがごとく、L・C・ナイツの客観批評があらわれ、ナイツの「マクベス夫人には何人の子供がいたか？」（一九三三年）という論文は、いささか皮肉な題ながら、作品に書かれていない事ごとを穿鑿するがごとき、その愚を突いている。ノースロップ・フライは『批評の解剖』（一九五七年）のなかで歴史批評とか原型批評というような、批評の新しい視座なるものを提唱し、フランシス・ファーガンは『演劇の理念』（一九四九年）で祭式の構造を唱え、C・L・バーバーもまた『シェイクスピアの祝祭喜劇』（一九五九年）に類似のパターンを打ち出している。作品のさまざまな読み方、さまざまな切り取り方を教えられるというもので、有難い話にはちがいない。

しかし同時に、ややもすると、原典からどんどん遠ざかっていく感を免れない。原典は細かく裁断され、その一片一片が顕微鏡でのぞかれ、不思議な情熱色の薬品に漬けられて、何が何やらわからなくなってしまっている。いや、もちろん、そういう仕儀にも至るというわけだ。さればこそ、興味の中心を原典に定めてゆるがないドーヴァー・ウィルソンの研究姿勢などは、一種古典的な見本として(たとえば、*What happens in Hamlet?* 1935)、やはり忘れてならぬものだろう。さもないとハズリットの、こんなひねり文句を浴びせられようが、返す言葉もないのではないか。ハズリット曰く、「人間の天才がもつ力を知りたければ、シェイクスピアを読むにかぎる。人間の学識の無意味を知りたければ、シェイクスピア批評を学べばよい」(*7)。

シェイクスピアの原作は以上のように、文学方面であれ、舞台であれ、批評・研究であれ、その他のメディアであれ、各種各様に核分裂をまねき、それぞれ無数の片々が世界の諸方にとび散った。遺言書にはないシェイクスピアの遺産の、この豊饒には目をみはるばかりである。当のシェイクスピアにとっては、それもこれも、とんとあずかり知らぬ事態ではあっただろうが。

(注)

(*1) *Shakespeare in Ten Acts*, The British Library (2016) pp.63-65.

(*2) 森鷗外「早稲田文学の没理想」『森鷗外全集』7、筑摩書房(昭和五十一年)所収。

(*3) これは『マクベス』の邦訳として最初(警醒社書店、一九一三年)のものである。『「マクベス」

森鷗外自筆稿本』（雄松堂、一九九九）参照。

（＊4）夏目漱石「坪内博士と『ハムレット』」『漱石全集』第十六巻、岩波書店（一九九五年）所収。

（＊5）川地美子編訳『古典的シェイクスピア論』みすず書房（一九九四年）六ページ。訳文の一部改訂。

（＊6）上掲書一八ページ。

（＊7）Hazlitt, William. 'On the Ignorance of the Learned, *Table Talk*（1821）.

遺言書から消えた遺産

シェイクスピアが故郷ストラットフォードにニュープレイスの屋敷を買ったのは一五九七年の五月である。たかだか三十代初めの芝居書きが、いくら懐に余裕があったとはいえ、なぜこうも早々と隠居じみた生活を夢想したのだろうか。いや、隠居生活と結びつけてしまうのは早計かもしれない。もしかしたら、別に理由があったのかもわからない。この前年八月にシェイクスピアは男の子を亡くし、同年十月には、父の悲願であった紋章を獲得して家名を上げる一事に貢献した。悲喜こもごも、親子の情が激しく揺れた時期であったことはまちがいない。ロバート・ベアマンの精細な調査によれば、父親ジョンは紳士としての身分を支えるに足るだけの資産を有たなかった。さらにまた、一五九四年と同九五年の二度、ストラットフォードの町は焔火をあびてヘンリー通りの実家もどうやら被害を受けたらしい。両親や弟たちを支え、家族を養う立場にあったシェイクスピアとしては、ここで一肌脱ぐほかなかったとも考えられる。ニュープレイスは町では二番目に大きい屋敷とされ、購入時の額面が一二〇ポンドと推定される。当時ストラットフォードの牧師の年俸が二〇ポンドであったそうだから、この出費はかなりの金額である(＊1)。ともあれ、活動の舞台はなおもロンドンにあり、仕事も至って快調というときに、ここで区切りをつけて田舎へ引っ込んでしまうなどは、ちょっと考えにくい。事実、屋敷を買っても、シェイクスピアが本当に引退するのはずっと後のことで、一六一四年ごろになる。その二年後、ニュープレイスの屋敷は早くも遺言書の文面に記され、さらにシェイクスピアの死後は何度か所有主を替えながら、十八世紀も半ばに至ればついに消滅してしまうのである。

遺言書によれば、ニュープレイスの屋敷は長女スザンナに譲渡された。なぜ妻のアンをとび越して娘なのか、と不審に思う人も少なくないだろうが、アンは事実、シェイクスピアの死後ずっとニュープレイスの家に住まい、娘夫婦や親戚らと親しく交わりながら寡婦の日々を送ったようだ。アンとしては、それだけで不満がなかったのかもしれない。そうして七年遅れに主人のあとを追い、ホーリー・トリニティー教会の内陣へ、主人の隣へと葬られたのである。そのあたりを切り取って考えるなら、アンは当家にあって、それほど冷遇されたわけでもなかったように思われるが、果たしてどうなのだろうか。アンについての真相はよくわからない。

スザンナには一人娘のエリザベスがあったから、スザンナ亡きあとニュープレイスの屋敷もエリザベスに引継がれ、エリザベスは夫トマス・ナッシュを亡くしたあとにニュープレイスの家を出てアビントンのジョン・バーナードと再婚した。このときシェイクスピアが生前に所持した書類や書籍などが皆アビントンへ移されたともいわれている（＊2）。エリザベスは二度の結婚をとおして子を残さず、一六七〇年アビントンの地に没し、夫のサー・ジョンも四年後に亡くなって、シェイクスピアの影をとどめる物品はついに行方知れずとなってしまった。ニュープレイスの屋敷も人手に渡って、シェイクスピアの血筋が絶えたのと同様に、直系の遺言書からは永久に消えてしまうのである。

屋敷はシェイクスピアの家系から離れ、その後持主を替えながら、さらに八十年余り残存した。十八世紀半ばにフランシス・ガストレルという牧師がこれを買い取ったが、ときあたかもシェイクスピア・ブームの只なかにあり、シェイクスピアが手ずから植樹したという桑の木を一目見ようがためニュープレイスを訪れる客足が絶えない。ガストレル牧師は客人の対応に業を煮やし、とうとう、くだんの桑の木を伐ってしまった。その材木を使って家具調度品をこしらえ、高値をつけて儲けた商人（あきんど）がいたという。それでもまだ牧師は腹の虫がおさまらなかったか、ついにニュープレイスの家そのものまでも潰してしまったから（一七五九年）、屋敷はもはや影もかたちも無い。

しかるに、屋敷がまだ健在であったころの貴重なスケッチが残されている。ジョージ・ヴァーテューによる一七三七年のスケッチだが、これはしかし、厳密にいえばシェイクスピアが住んでいた当時の家ではないだろう。なぜなら、一七〇二年にジョン・クロプトンの所有下にあって、古い家は壊され大々的な改築がなされていたからである（＊3）。スケッチには説明書きが添えられていて、「記憶による」（This Something by memory）とあるが、実際誰の記憶に頼ったものかわからない。ヴァーテューはシェイクスピアの妹ジョウン・ハートの血筋をひくシェイクスピア・ハート（1666-1747）に接したようだから、そちらの伝聞によるものかもしれない。あるいは、一七〇二年の改築以前にヴァーテュー自身がニュープレイスの屋敷をつらつら眺めていたとすれば、ときに彼は弱冠十七歳の若者であった（＊4）。

ヴァーテューのスケッチによれば、五つの切妻屋根をかぶせた三階建ての家構えは見るからに宏壮な邸宅である。チャーチ通りに面した建物の一翼は使用人部屋、または廊下とみなされ、一階の中央には玄関が見えて、そこを抜けた先に芝草茂る中庭がある。中庭をとり巻いて母屋があり、部屋部屋の暖炉の数は十にもおよんだという。また母屋の裏にシェイクスピアは広い土地を買い求め、ここが庭となった。梁が露出した木造家屋の一部には当時として高価な煉瓦までを使用したそうだ（＊5）。

ところで、ニュープレイスの屋敷はつい最近まで建物のない地面と、古井戸の跡だけを残して遠来の客のイマジネーションを刺激したものだが、このまぼろしの家も、敷地の発掘調査を経て、とうとう今風の観光スポットに早変わりした。古井戸は装いを改めて再登場し、庭の奥にはおかしな人工の桑の樹が宙に踊っている。当世の観光客はこういうものに勇んでカメラをむけたりするようだが、それも無理なきことか。しかし一方、何もない青草の一面にひろがる地面、そこに確かに見えていたものが、もはやいろんな邪魔ものにさえぎられて見えなくなった。今は昔、ときの推移おそるべきかな。定めし昔なら、来訪客のあいだでも次のような会話が弾んでいたのではなかったか。

——お隣がナッシュの家ってわけ？

——そう、シェイクスピアの孫娘夫婦が住んだそうだ。

——両方で、往き来していたのかしら？

——片方は幽霊としてね。つまり、その頃はもうシェイクスピア爺さん、死んでしまっていたわけだから。孫娘が八つのときに死んだ。

——おや、まあ。

以前は隣のナッシュの家から入って、建物の横あいの戸口を抜けるとニュープレイスの庭先へ出た。くだんの古井戸だけを残す殺風景な芝生がひろがっていた。そこでは、またしてもこんな会話が聞こえていたかもしれない。

——ほらほら、あっちの小さな桑の木は？

——ありゃ偽物さ。それよりも、むこうの小ぎれいな庭がいいじゃないか。

——まあ、あれが案内書にあるノット・ガーデンてわけね。

あの頃は、段差をつけた方形の花壇（ノット・ガーデン）が整えてあり、花壇を埋める季節の花々が目にまぶしかった。みごとというほかはない。花壇の外べりに沿う東西南北のへこみには蔓植物が緑の天蓋をつくり、そこには古びた木のベンチなどが置いてあって、こんなアルコーヴなら、きっと若いロミオとジュリエットも大喜びするだろうと思われた。さらに先方にはまた一つ、広大な庭がひろがり、その傍らの道を下っていけばエイヴォン川ももう近い。――しかし今、それもこれも、すべて夢の底に沈んでしまった感が深いのである。

次に、シェイクスピアゆかりの建物として劇場の件にも触れておかねばならない。演劇は空間の条件にしばられ、空間のなかに花ひらくものであるから、一定のかたちの空間、すなわち劇場を必要とする。シェイクスピア劇において特に大切なのは"the three A's"といって、Actor(役者)、Audience(観客)、Architecture(劇場構造)の三つを強調する考え方があるようだ(*6)。その劇場だが、顧みれば十六世紀後半から末年にかけて、レッド・ライオン座をはじめシアター座、カーテン座、それからテムズ南岸のローズ座、スワン座、グローブ座と、公劇場がつぎつぎと建設された。これは当時の芝居の盛況ぶりを雄弁に物語るものだろうが、シェイクスピアはその上昇気流にうまく乗り、着々と作品を書いていった。さて、その創作力にもぽつぽつ終盤の翳りが見えてきた頃、奇しくもそれと軌を一にするかのように、彼の拠点グローブ座が焼け落ちたのであった。これこそ劇作家シェイクスピアの生涯における、一つの重大な象徴的事件と呼んでよいだろう。

一六一三年春にシェイクスピアは年少の芝居書きジョン・フレッチャーの協力を得て『ヘンリー八世』(原題は *All is True*)を書き上げた。同年六月にこれがグローブ座で上演され、その二回目の公演にあって、舞台屋根裏の高みから放った火薬砲弾が劇場の茅葺き屋根に飛んで火を噴いた。炎はまたたく間にひろがり、グローブ座はこれをもって焼失したのである。

　けれども、ちょうど一年後の一六一四年六月にグローブ座は復活した。ときにシェイクスピアが所属する国王一座は、夏場にあってグローブ座、冬場には屋内劇場のブラックフライアーズ座と、寒暖とおしで興行した。だが、この火災を機にシェイクスピアはそれまで所持していたグローブ座の株を手放したらしい。一種の引退表明とも取れる。『テンペスト』のプロスペローが、魔法の書を水中ふかく沈めてドラマを閉じようとしたのにも似て、シェイクスピアの魔法は水ならずして火、空高く火焔を上げて消えた。グローブ座焼失の一件は、シェイクスピア晩年の心情を推し量る上でとうてい無視できないのである。ところで、『テンペスト』はグローブ座炎上の二年前に書かれ、ブラックフライアーズ座で上演されたが、ここで早くもプロスペローがこう唱えている。

> さあ、われらの宴も終った。役者らは
> はじめに申したとおり、みな妖精、
> 大気のなかに溶け、消えていく。
> （第四幕第一場）
>
> Our revels now are ended. These our actors,
> As I foretold you, were all spirits and

Are melted into air, into thin air.

人生の宴は、ほんとうに終ったのだろうか。プロスペローのその後を見るに、残るのは「人生の後かたづけ」ともいうべき事柄であり、それをすませたところで召使のエアリエルに自由を与え、おのれ自身も自由の身にならんとする。妖精たちが大気に溶けていくように、プロスペローも仕事を終えたあとは大気のなかへ消えていくのだろう。そのような印象を残して『テンペスト』は幕となる。ふたたび思う。『テンペスト』の二年後に作者シェイクスピアの魔法がいよいよ終焉を迎えたとするなら（グローブ座炎上の年）、さらに三年ほど残された彼の《余生》とは何であったか。シェイクスピアにとってそれはどんな意味をもっていたのだろうか。人生の後かたづけであったか。その短い歳月も流れ、文字どおり自由の身となって昇天するシェイクスピアに、われわれはプロスペローの姿を重ねてみようとする。しかし強引であってはいけない。なにも無理に、人生が藝術を模倣する、と決めつけなくてもよいのである。

さて、炎上後に再建されたグローブ座は、十七世紀四十年代のピューリタン圧政下にあって閉鎖され、一六四四年、ついに倒壊の憂き目をみる。そうして三百年の星霜を経るままに、「ツワモノどもが夢の跡」は二十世紀半ばへきて、アメリカの俳優かつ演出家であったサム・ワナメイカーの目にとまった。彼は夢まぼろしを現実のものにせんと、すべてを投げ打つようにして、新グローブ座の建設に乗りだした。財政面ばかりか、まぼろしの劇場にまつわる調査・研究、また建設工事の実際面に至るまで、かぎりない努力と長い歳月を惜しみなく投入した。かくて新グローブ座は一九九七年にめでたくオープンしたが、このときサムはすでに故人となり(一九九三年没)、夢の劇場を目にすることはなかった。彼の功績をたたえて、縁(ゆかり)のあるブラックフライアーズ座を模した新劇場がグローブ座に隣接して建ち、サム・ワナメイカー座と命名されて(二〇一四年)今日に至っている。これはオリジナルの基本構造をまもった、小さな屋内劇場だ。フロアがそのまま舞台になり、舞台を三方からとり囲んで観客席が設けられ、天井からは蠟燭のシャンデリアが幾つも吊りおろされている。グローブ座ともどもに内外の芝居ファンを集めて栄える新劇場である。

　ここでまた思い出されるのが、昔、コンウォールの断崖にほとんど独力で野外劇場をこしらえた一人の猛烈な女性の話である。燃ゆる情熱とは、このように何ものかを結晶せしむるのだろう。

　ロンドンから西方へ列車で五、六時間も行くと、終点のペンザンスに着く。そこから先は鉄道がない。ペンザンスの駅前から赤い二階建バスが出ていて、その一つにランズ・エンド行のバスがある。ランズ・エンドは文字どおり〝地の果て〟であり、海鳥の飛びかう岩場の突端では屏風を立てたような絶壁がまっすぐに海面へ落ちている。そのランズ・エンドの二つ手前のバス停留所に、ポースカーノウという所があって、そこでバスを降りると、緑の木立に包まれた爪先あがりの坂道が伸びている。その道を二十分ばかり登っていく。ふと青草の茂みごしに下方を見おろすと、遠く白浜が弓なりにのびていて、そのむこうに、まぶしい渚を潤すみどり色の海が一望される。極楽浄土の風景とは、さもありなんと思われる。やがて小山のむこう側に出て、目の前がひらけ、ごつごつの黒い岩と、丈の低い、固い葉の草はらが一面にひろがり、海風がさわさわと吹いてくる。ここは知る人ぞ知る、大海ばらを臨む岩場に造られた野外劇場、ミナック・シアターである。

この野外劇場は、ロウィーナ・ケイドという芝居好きの女性が、五十年余りを費してほとんど独力で築いたものだ。ほっそりとした三十代の女性が石を積み、木材を運びあげ、来る日も来る日もこつこつと働いて、気がつけば枯木のような八十代なかばの老婆になっていた。驚くべき女性である。

海を見おろす岩場のてっぺんが劇場の入口で、その崖上から海側へ急傾斜の階段席が整然と並んでいる。その半数はセメントで固められ、セメントの面にはドライバーの先端を使って文字や文様が刻み付けてある。ほかの半数の階段席には芝草が植え込んであって、これもまたわるくない。階段席の一番下まで下りると、切石を敷きつめた平らな床面がひろがって、ここがすなわち舞台となる。その先はごつごつの岩こぶが、もはや柵に隠れて見えないまでも、はるか眼下の怒濤めがけて険しく連なっているにちがいない。目の前には大西洋の青海原がまぶしく光っている。まったくとんでもない所に、とんでもない劇場を造ったものだ。ロウィーナの努力の賜物は、今では慈善団体の管理に委ねられ、芝居熱心な人びとの夢の実現に一役買っているようである。熱烈なファンも少なくない。

ミナック・シアターには夏の四ヶ月間ほど、いろいろな演し物がかかる。芝居、音楽、さまざまな見世物が、まぶしい海原を前方に眺めながら、あるいは煌々と照る月の光を浴びながら演じられるというわけだ。芝居であれば、役者の台詞が周囲の岩から岩へこだまする。陽が落ちてからは、松明の灯のもと、岩うつ波の音に抗いながら『リア王』が、『テンペスト』が、そして『十二夜』が演じられる。迫力満点であることは、まちがいない。せりふは本のページに黒々と寝そべる言葉の行列どころか、ぴちぴちと跳ねて、躍って、動きまわる生き物さながらだろう。笑いも失意も、涙も歓喜も、みな血が通い、ふかぶかと呼吸している。こういう場所で、一度でもこんなシェイクスピアに触れたならば、ラフカディオ・ハーンの言い草ではないが、それこそシェイクスピアの毒が利いて、雁字がらめにされてしまっても不思議はないだろう。

こうして劇場もまた、シェイクスピアの遺言書からは遠く離れたところで、生身のシェイクスピアの精神をはっきりと継承しながら、今日の演劇文化の只なかに百花繚乱の賑わいをみせているのである。

（注）

（＊1）Bearman, Robert. *Shakespeare's Money*, Oxford University Press（2016）pp. 84-86, p.95.

（＊2）シェイクスピアは書籍等をすべてホール夫妻（ジョンとスザンナ）に譲渡したが、その後ジョンの遺言書（一六三五年）によってそれらがトマス・ナッシュに委譲された。さらに二年後、ニュープレイスに執達吏の手が入り、書籍その他が差押えられる事件があった。（S.Schoenbaum. *William Shakespeare : A Documentary Life*, Oxford University Press, 1975. pp.248-249.）アビントンへの移動はその後になる。

（＊3）昔から近年の発掘に至るまでニュープレイス推移の実態については、Edmondson, Paul. Colls, Kevin. Mitchell, William（eds.）*Finding Shakespeare's New Place*, Manchester University Press（2016）参照。

（＊4）Simpson, Frank. 'New Place: The Only Representation of Shakespeare's House from An Unpublished Manuscript', *Shakespeare Survey*, 5（1952）pp.55-57.

（＊5）Bearman, p.77.

（＊6）Banks, Fiona. *Creative Shakespeare*, Bloomsbury Arden Shakespeare（2013）pp.16-17.

遺言書を超えて

（一）道化精神

エイプリル・フール――四月ばか、このいとおしい風習はいつ、どこで始まったものか。イギリスやフランスはもとより、遠くインドの地にも似たような慣習が認められるというから、これには洋の東西を超える何かが関係しているのかもしれない。一説によると、エイプリル・フールは古代ブリテンの祝祭日に源を発するのだそうだが、詳細は不明である。ともあれ、世にありえない話や、信じられないような出来事を平気で吹聴して、人を唖然とさせるのは痛快であるにちがいない。騙されたほうは馬鹿をみるというもので、これぐらいの遊びなら罪はなく、まあ、ほほえましいともいえるだろう。

だいぶ以前に、BBCのニュース番組で、イタリアはトスカーナ地方の田園風景が画面いっぱいに映し出された。野良仕事の男女らが樹に登って、手籠に何やら摘みとっている。アナウンサーが至って真面目にこう解説した。「只今、イタリアではスパゲッティの収穫期であります。農家では家族総がかりで野良へ出て、多忙な毎日であります」。このあとBBCに電話が鳴りやまず、「スパゲッティが樹に生るとは、今まで知らなかった。本当か」とやらの問合せが殺到したそうだ。ときに、この日は四月一日であった。

テレビの公共性だの報道の責務だのを別とすれば、年に一度ぐらい、こんな戯れがまかり通るというのも悪くないだろう。季節は春、固い殻を破って新しい生命がみずみずしくよみがえるときである。浮かれ騒ぐのもまたよし。チョーサーの『カンタベリー物語』序にあるとおり、春の驟雨（しゅうう）が大地を潤し、草や花や、万物が息を吹きかえす、そんな季節の到来なのだから。一ときのデタラメ、哄笑、一抹の狂気でさえも、人びとの生活を活気づけてくれようものなら歓迎したいところである。さて、生活のこの活性剤もどきが、シェイクスピアの劇作ではフールすなわち道化の精神と交わり、言葉の力を駆り立て、世にも珍しい妙薬に調合されているようなのだ。以下、そのあたりを探ってみよう。

まずはハムレットから。際限もなく同心円を描きながら自己省察をくり返す、あのハムレットでさえが、ときとして鮮やかな道化精神を発揮する。なんと、憂鬱の王子が所変わって道化の顔に豹変するではないか。ハムレットの軀のなかには一ぴきの道化が棲んでいるといってもいいぐらいだ。たとえば壁掛けの蔭に隠れたポローニアスを突き刺すくだりがある（第三幕第四場）。誤ちであったかどうか訝しいものだが、とんでもない事を仕出かしてしまったにはちがいない。そうとなれば、母ガートルードに劣らず、当のハムレットこそがここで動転しても不思議はないだろう。それなのに、ハムレットのあのとぼけた態度はどうか。「生きているあいだは煩い馬鹿者だった」なんて毒づきながら、ポローニアスの死骸を品物同然に引きずって退却する。事件を聞きつけたクローディアス王がハムレットに迫り、ポローニアスはどうしたのだと詰問すれば、ポローニアスは食事中、とやら調子はずれの答を返す。ただし、奴さんが食べているのではなくて、食べられている、蛆虫どもにね、という始末だ。道化の悪ふざけにしても、これはちょっと行きすぎかもしれない。

ハムレットは狂人を装っているとも、道化を演じているとも取れようが、そんな役柄にカメレオンよろしくさっと全身の色を染め尽くしてしまうなどは、そう易々とできるものではないだろう。これはやはり、ハムレットの性格のなかに初めから道化が棲みついていると考えたいところだ。その道化がとび出してきて、当面の重大な事態を軽量化し、脱色し、さもなくば強大な外圧につぶされてしまうのを巧みに回避している。そうすることでハムレットは辛うじて他人の目を欺き、いや、何よりも自分自身を欺きとおす。そこが、ハムレットの性格の一筋縄ではいかないところである。憂鬱で深刻な若者が、たとえばゲーテの目に映ったように、自己の力量を超える大きな仕事（復讐）を背負わされて苦悩するというだけならば、むしろわかりやすい。だが、ハムレットの性格は決してわかりやすくはないはずだ。明と暗、悲壮と陽気、深刻な哲学と戯れの美学、それらを併せもつという、この複雑にからまり合う力学こそが、ハムレットの性格をつくり、ハムレットを実にハムレットたらしめているではないか。

『夏の夜の夢』に登場する機織りのボトムはどうだろう。首から上をロバに変えられて（ロバは道化に通じる）、眠りから醒めたあとに、こんな支離滅裂をつぶやくのである。「とんでもねえ夢をみたもんだ。夢だよ、あれは――人間にゃ、ちょっといいあらわせねえ夢さ。……どだい、人間の目が聞いたこともねえ、耳が見たこともねえ、手が味わうこともなきゃ、舌も考えず、心臓も伝えざるっていう、奇っ怪千万な夢、おいらの夢たるや、まさにそんなもんだ」（第四幕第一場）。

こういう理屈を超えるとんでもない感覚、発想こそが、まさしく道化のものといえるだろう。「奇っ怪千万」でありながら、異様にのびやかで、自由奔放で、この不条理の炸裂に接しては、読者（観客）もいっとき救われる思いがするのではないだろうか。

また『十二夜』にはフェステというプロの道化が登場する。フェステの名はフェスティヴァルにつながり、飲めや歌えやと、とにかくお祭り騒ぎが大好きな道化であるようだ。しかしそれだけではない。たびたびの踏みはずしのなかにも、人間や人生を凝視する冷徹な目が光っているから侮れないのだ。フェステがしんみりと歌う「若さこそ色あせるもの……」（第二幕第三場）、あるいは「来たれ、いざ来たれ、死よ……」（第二幕第四場）、そしてまた最後の歌「ヘイ、ホウ、雨あらし……」などに触れたとたん、この祭の進行係の後ろ姿に、われわれはふと溜息のもれる音を聞くことだろう。

『お気に召すまま』のタッチストーンでもそうだ。いかにも愚かしい道化ぶりを発揮しながら、その名のとおり、タッチストーン——試金石の硬度をどこかに秘め隠して、周囲の者を、また読者や観客の知性・感性を試しにかかる。道化といえども、断じて侮れない。ふさぎ屋のジェイクィーズが、まだら服を着た道化タッチストーンと話をかわす場面を見てみよう（第二幕第七場）。道化が袋のなかから時計をとり出して、「十時だな」という。「ほんの一時間前は九時じゃったわい」ときて、「あと一時間すりゃ、十一時だよ」とやらかす。しかし、そのあとが恐ろしい。「かくて一時間、また一時間とわれらは熟しに熟し、また一時間、一時間と腐りに腐ってゆく」（From hour to hour, we ripe and ripe. From hour to hour, we rot and rot.）

この道化の思わぬ一面にぶつかって、ふさぎ屋ジェイクィーズが腹をかかえて笑ったというから、愉快である。

さて『リア王』の道化ともなると、名前すら与えられず、そのまま「道化」と称されて劇中に活躍するわけだが、それだけに、抽象的かつ普遍的な道化の意味あいが強く打ち出されている。道化はリア王に付添い、語りかけ、王にとってはなくてはならぬ存在であり、要するに、はるか古代にまでその痕跡をとどめる典型的な「道化」なのである。しかし実は、この道化、劇中それ以上に大きな働きを示しているようだ。道化は第三幕第六場で突然姿を消してしまうが、あれをどう考えたらよいか。これは研究者、批評家、一般読書子のあいだでかねてより論議を呼んできたところである。半狂乱のリアが「さあ、夜が明けたら夕飯だ」という。それに応じて道化が「ならばおいら、昼になったら寝ようっと」とくる。この台詞をもって道化は劇中から忽然と消えてしまうわけだが、それはあたかも、いよいよ自分の役目は終ったとでも暗に伝えているかのようだ。その役目とは何か。

地位も財産もすっかり失ってしまったリア王には、もはや持って生れたものきり残されていない。持って生れたものとは何かといえば、手きびしい道化にいわせるなら、すなわち馬鹿の資質、あるいは道化的資質ということになりそうだ。以後リアはこれ一筋にすがって生き、かつ狂っていく顚末となる。当の道化によれば、およそ世には bitter fool, sweet fool という二種類の道化があり、リアは前者なのだそうだ（第一幕第四場）。その苦々しい道化的資質が、狂気と共にいよいよ際立ってきて、ついに動かされざるものとなる。かつての王者の威光はみる影もなく、今や老いさらばえた狂人がここにいるだけだ。思えばリアをここまで引っぱってきたのは、もう一人の道化——sweet fool、すなわちくだんの道化の誘導に他ならない。道化は主人のリアを責め、なじり、刻々と狂気の淵に追いやり、一個の新たな道化とならしめる。あるいは、リアの裡に眠れる道化的資質を目ざめさせてやるといってもいい。そうして、その仕事に一区切ついたと見るや、おのれ自身は静かに姿を消すというわけだ。芝居を一定方向へ押し進める動力源として、この道化の示す働きはとうてい無視できない。道化が姿を消し、この先はもう一人の道化リアが、とことん行くべきところまで行くだけだ。

道化ふうの人物、また道化的精神のあらわれは、シェイクスピア劇のところどころにおいて、ときにプロットを支え（『リア王』）、ときに人物の性格形成を助け（『ハムレット』）、あるいは人生哲学の味付けをしたり（『十二夜』『お気に召すまま』）、あるいは張りつめたドラマの一ときの relief（息抜き）を提供する（『マクベス』の門番、『ハムレット』の墓掘り人、『ロミオとジュリエット』の乳母など）。『リア王』の種本とされる『レア王』にせよ、『お気に召すまま』の材源のロッジ作『ロザリンド』にせよ、このあと触れる『ヘンリー四世』のフォールスタフにせよ、種本のなかには道化など存在しない。道化はシェイクスピアの独創による。「道化」こそはシェイクスピアの世界を彩る、まさに欠かすべからざる一大要素といってよい。

ここでさらに、いわゆるシェイクスピアの「史劇」に目をむけてみよう。「史劇」は共作もふくめて十一作を数えるが、いずれもみな中世・近世の動乱期を背景としている。ときに百年戦争や薔薇戦争による飽くなき流血沙汰、野心野望の衝突、人間の苦悩、堕落、虚偽、奸策、というような、まことに多彩な世であり、それこそ芝居背景にはうってつけの時代であったといえそうだ。そういう歴史のお膳立てのなかから、いや、その渦の外からフォールスタフのごとき「道化」の権化が生れてきたとは、いかにも驚きを禁じえない。ヘンリー四世の長男ハル王子と親しいこの肥満の騎士は、相手が王子であれ誰であれ、まったく遠慮がない。大酒呑みにして好色、豪放磊落でエネルギッシュ、それでいながら小賢しい、臆病な、大嘘つきでもある。ハル王子はフォールスタフを無礼者扱いするどころか、大いに歓迎しているふしもあって、この二人の組合せがまた傑作である。少なくともある一線までは、愉快な仲間として互いに意気投合しているのだ。

『ヘンリー四世・第一部』に、ギャズヒルの街道で大胆にも追剝を演じる場面がある（第二幕第二場）。フォールスタフとその悪仲間が、ハル王子を巻きこんで盗賊一味になりすまし、旅人から金品を奪おうという計略をめぐらす。明朝ギャズヒルの丘に一同集合との約束を交わして別れるが、当日ハル王子は現れない。いや、実は物蔭にひそんで仲間らの狼藉ぶりをとっくり見物させてもらおうという魂胆なのである。それればかりか、いよいよとき至れば、粗布をすっぽりかぶって抜き身をかざし、連中の前におどり出るなり、盗んだ物品をあまさず横どりしてしまう。フォールスタフなど、口ほどにもなく弱虫なのだから、王子にとってそれぐらいのことはわけない。芝居のなかの〝芝居〟がこうして演じられていく。

それにつづく飲屋の場面では、強奪が不首尾に終ってくさくさしているフォールスタフと、それを茶化して喜ぶ王子のやりとりが可笑しい。あのときフォールスタフは粗布の男を見て一目散に逃げたくせに、十六人を相手に闘っただの、五十人をやっつけただのと、話がどんどん膨張する。とうとう王子が変装してあらわれた事実を明かし、奴さんに止めを刺そうとしたところが、相手はなかなかの曲者、そう簡単には降参しない。粗布をかぶった猛者が王子であることぐらい、初めから知っていたと宣（のたま）うのだ。いずれ王となるべき人を傷つけるわけにはいかんから、自分は臆病者を装って逃げたのだという。
フォールスタフなりの、これも芝居のなかの〝お芝居〟であったわけだ。

本能というやつだね。ライオンは正真正銘の王子には手を出さない。本能ってやつは偉大だよ。おれはあのとき、本能の命ずるがまま臆病者になったのさ。

（第二幕第四場）

…but beware instinct. The lion will not touch the true prince. Instinct is a great matter. I was now a coward on instinct.

いい逃れ、詭弁、でっちあげ、――とにかくフォールスタフは言葉による虚構作りが抜群に巧い。しかもその虚構を、自分自身ちっとも信じていないから、この男はいったい何を考えているのか、ますます正体不明の怪物のように見えてくる。
シュルーズベリの戦にのぞむ段になって、フォールスタフは騎士らしからぬ恐怖心にとりつかれ、名誉を気にしながらも、それをごまかすかのように息巻いてみせるのだ。

名誉ってやつに脚が治せるかね？　いゝや。腕ならどうだい？　ダメだね。

傷の痛みは？　やっぱり治せない。名誉に医者の心得なんかないってことかね？　ないさ。名誉って、何だい？　言葉だよ。その言葉の中身は何だね。名誉って何なのだい？　空気だ。

（第五幕第一場）

Can honour set to a leg? No. Or an arm? No. Or take away the grief of a wound? No. Honour hath no skill in surgery, then? No. What is honour? A word. What is in that word honour? What is that honour? Air.

鮮やかな詭弁である。よくできた屁理屈である。しかし、それればかりではない。ここには同時にまた、自由奔放な精神の飛翔さえうかがえるではないか。こんなふうにフォールスタフをとり巻く世界は、虚構のフィルターを透かしてやわらかく色づき、臨機応変に、いとも都合よく姿かたちを変えて打ちひろがるというあんばいだ。かくて、現実はフォールスタフにむかって決して逆らわない。矢はいつもフォールスタフの巨体を避けて飛ぶ。こんなに屈託のない、天下泰平の楽天家は他にいないだろう。これもまた、道化的資質の端的なあらわれと見てさしつかえない。

思えば、道化的資質もさまざまである。どこか冷めていて、言葉巧みに糸を操るようなタイプもあれば、狂人型というべきか、おのれの役柄にすっぽりと収まって揺るぎない、道化のなかの道化もいる。その典型が、シェイクスピアの同時代に生きたセルヴァンテスの手になるドン・キホーテだろう。世のあらゆる非行を正すべく遍歴の旅に出るというわけだが、見るもの聞くもの一つとして騎士道物語に結びつかぬものはない。わが愛読書の世界を微塵も疑わないのだ。その篤い信仰ぶりには恐るべきものがある。冷めた理智ではなくて、燃ゆる情熱があるわけだが、ドン・キホーテの場合には、現実を言葉でねじ伏せる前に、言葉で描かれたとおりの現実風景が、まず彼の眼前に疑うべくもなくひらけているのだ。

ドン・キホーテの目には、愛を捧げるべき貴婦人たるや、目下のところ村娘に姿を変えているにすぎない、と映る。風車だって本当は巨人であり、羊の群れもまちがいなく敵の軍勢なのだ。ドン・キホーテにはそれらの正体がちゃんと見えている。見えているから、あとはそのまま信じるだけだ。それにもかかわらず、余人からすれば無いものを有るといい、有るものを無いといい張る頭のおかしい人間でしかない。周囲は彼を狂人とみなす。しかし、ドン・キホーテの狂人じみた言動が、なぜか人びとの笑いを誘い、ときに愛情さえ抱かせるのもまた事実だろう。

ドン・キホーテの愚は、狂気に裏打ちされ、狂気に結ばれた道化精神のあらわれに他ならない。狂気の真っ只なかに身を投じて恐れを知らず、そのまま暴走する馬鹿な道化――しかしこれが周囲の共感を呼び、広く愛されようとは、人間の心の底に眠れる道化嗜好のどれだけ深いかを思い知らされるというものだろう。作品『ドン・キホーテ』については別章で改めて扱いたい。

『ドン・キホーテ』よりも一世紀ほど遡（さかのぼ）るが、その頃ヨーロッパ随一の学者と目されたのはエラスムスであった。エラスムスは殺伐たる混乱の時代に生きながら、人間を、また人生を考えた。

人間はどれほど上等な生き物であるか。周囲を見ても、歴史をふり返っても、なんとまあ、私利私欲のぶつかり合いではないか。あるいは権勢をほしいままにして弱きをいじめ、貧しきを虐げる。スキあらば攻め入って、おのが勢力拡大をはかり、欲は欲を生み、その欲望を満たすためには手段を選ばず、嘘をつく、毒を盛る、罠にかける、脅す、斬る、殺す、何でもやる。これぞ理性の生き物、人間の実相でござい。エラスムスはその胸の思いを『愚神礼讃』に綴った。

マダム・フール（阿呆の女神）は演壇の上から聴衆に語りかけるのである。「人は何とでも好きな事をいうがよろしい――ちゃんと知っていますよ、『阿呆』はどんな愚かな人にでも毎日そしられているんですからね――でもこんなにあらたかな霊験を以て、神々はもとより人間にまで、あまねく歓喜をひろめるのは、このわたしですよ、わたしだけでござんすよ」（*1）

阿呆の力が介在することで、人の世も、人間の愚も、ことごとく笑いの渦に呑まれてしまうというぐあいだ。そこではじめて人はこの世に生きていけるのです、と女神は語る。一つまた一つ、身辺の具体事例が示され、それらはみなもっともな話ばかりで、なるほどと頷かずにはいられない。「女はこの人生において、男の気に入りたいということ以外に欲望をもっているでしょうか。あの服飾、入浴、美髪、香料、それからあの顔や目や肌を飾ったり描いたりするのに使う化粧品、その目的はみんなこの一点にあるのではないでしょうか。……もし男が女に何でも許すとすれば、それは一に女から快楽を期待するからではないでしょうか。またこの快楽ですが、これは何に存するかといえば、愚に存するのです。女の愛を得たいと思うときにはいつでも、男がどんなに馬鹿なことをいうか、女を相手にどれほど馬鹿なことをするか、注意して見るならば、この真理が理解できるでしょう」

女神の話に耳傾けながら、読者はやがて「真理」の広野へと導かれ、いつしか、それとなく気持の安らぐのを覚えるだろう。世知辛い世にあって、『愚神礼讃』こそは、まさに癒しの一作といえそうだ。

しかし、さらに考えをすすめるなら、阿呆の目に映るこの世とは、一切が実体のない幻に包まれた世であるのかもわからない。理性だの徳だの正義、愛、幸福、そういうものはみな甘い一片の幻にすぎないのかもしれぬ。たちまちにして形くずれ、溶けてしまう、とるに足らぬもの、土台あてにならぬもの、というべきだろうか。そんな虚しい想念の混じった笑いがここにとび出すとすれば、笑いもただの笑いならず、そこにはおのずから苦味のひろがるのを禁じ得ない。事実、エラスムスの心情は、その種の屈折した笑いに傾いていたようである。

シュテファン・ツワイクの『エラスムスの勝利と悲劇』を読めば、『愚神礼讃』の著者の穏やかならぬ日々が、悲喜こもごもの人生体験が、ありありと伝わってくる。エラスムスはルターと好対照であった。宗教論争かまびすしい時代にあって、ルターはみずからの信念に燃える熱血漢であり、怒りと情熱をぶちまける行動派である。その烈しい目が捉える現実の世とは、およそ笑いとばすべき一連の甘い幻などではなかったはずだ。それどころか、改革すべき現実を、良くなるはずの現実を追いかけて、自分こそがその高邁な目標のためにひたすら努力すべき人間であり、一個の高尚な理性のもち主であると信じていた。エラスムスとルター、両者の所説が嚙みあわなかったのも、要するに、それぞれの現実認識のちがいが決定的に作用していたためだろう。

エラスムスは言葉の皮膜をとおして現実を見ていたふしがある。現実なんてそうたやすく変り得るものではないことを知っていた。それからすれば言葉の世界は、現実世界とは別に、それなりの耀きを発して存在するはずである。ならば、自分は言葉の人として皮膜のこちら側に生きよう、この地に踏みとどまろう、とエラスムスは観念したようだ。そのエラスムスの言葉が、皮膜のむこうにひろがる現実世界をこんなふうに捉える。

「さて人生とは何でしょうか。それは一種の不断の喜劇で、人びとはありとあらゆる違った仕方で変装して舞台にあらわれ、おのおのその役割を演ずる。そのうちに舞台監督がときどき扮装を変えさして、あるときは絢爛たる緋の衣を着けた王様として、あるときは汚いボロをまとった奴隷や貧乏人として登場させた後、ついに舞台から退場させるのです。まことにこの現世は一つの過ぎ去る影にすぎません」（『愚神礼讃』）

この阿呆女神の言葉は、人も知る『お気に召すまま』ジェイクィーズの台詞（第二幕第七場）、「この世は舞台、男も女もみな役者……」（All the world's a stage, All the men and women merely players.）にそのまま重なる。いわゆる「世界劇場」の観念に通じるわけだが、エラスムスはその劇場における自分の役柄を承知して、死ぬまでその役を貫いた。ツワイクの叙述のおしまい近くに感動的な一節がある。最晩年の失意と孤独の日々を田舎家に送るエラスムスのもとへ、今、一人の若者が訪ねてきたというのだ。

「しかるに見よ、すでに霜の降りた窓辺を訪う季節遅れの燕のように、もう一度ひとりぼっちの彼の扉をノックして、かしこまった挨拶の言葉を寄せる者があった。『私が今日あるは、すべてあなたのお蔭です。そしてこの事を申上げなければ、私はこの世で最も恩知らずな男となりましょう。祖国の誉ある慈父、芸術の保護神にして真理の不屈の闘士であられるあなたに、重ね重ね敬意を表します』。男の名は、後にエラスムスのそれを凌ぐようになった、つまり名声ようやく高からんとするしののめどきに、臨終の巨匠の黄昏を見舞った、フランソア・ラブレーその人である」(*2)

エラスムスばかりではない。莫逆の友トマス・モアもまた、困難な時代にあっておのれの役柄を貫徹した。(ちなみに『愚神礼讃』はトマス・モア宅に滞在中、一気呵成に書きあげられた)。そして後のシェイクスピアもまた、劇作家たるおのれの役を全うして、とき至れば静かに舞台から降りて退こうと考えたようにうかがえる。

シェイクスピアの劇中に登場するもろもろの道化、あるいは道化精神ゆたかな人物、またドン・キホーテにせよ、エラスムスの阿呆女神にせよ、そこに一とき耀いて見えるのは、この世の虚の光芒であり、人生の末路を照らす自由の灯(ともしび)と解してよいだろう。行き暮れる旅人には、この灯はやはり有難い。この助けがあってこそ、現世の雨あらしにもどうにか耐えられるというものだ。現在、ストラットフォード・アポン・エイヴォンのシェイクスピア生家が残るヘンリー通りのはずれに、宙高く手足を振りあげた道化の像が見える。その台座には『十二夜』のフェステの台詞、

阿呆ってのはねえ、お天道さまみたいに
地球をぐるぐる廻るのさ
どこもかしこも、ぎんぎらっぎんよ
（第三幕第一場）

Foolery, sir, does walk
About the orb like the sun,
It shines everywhere.

こんなものがある。この世になくてはならぬ、ぎんぎらっぎんの耀きこそが、まさしく道化そのものだろう。この精神はいうまでもなく、シェイクスピアの遺言書のはるか高みに、すなわち一市井人の書いたくだんの遺言書なるものを超えて、いとも神々しく耀いている。

（注）

（＊1）エラスムス『愚神礼讃』（池田薫訳）白水社（一九四八年）。仮名遣い、表記の一部改訂、以下同様。

（＊2）ツワイク・シュテファン『エラスムスの勝利と悲劇』「終焉」（高橋禎二訳）青磁社（昭和二四年）。表記と用語一部改訂。

(二) 虚なるもの

何はあれ、虚の世界にあそぶのが芝居の真骨頂だろう。人はあそびから実にいろんなことを学ぶ。およそ実利とは縁のない喜びとか、感動とか、生きる力などを学ぶ。人間とは何か、という高邁な真実さえも学ぶ。だから、あそびをバカにはできない。虚なる「あそび」というものを、シェイクスピアは髄の髄まで知りぬいていたようである。

芝居の虚、その働きという視点から『ヴェニスの商人』を再度検討してみよう。一見しとやかな新妻ポーシャが、法学博士に変装して、つまり虚像を駆使して大活躍する。いわゆる人肉裁判のどんでん返しとなるわけだが、注目したいのはそのあとの件(くだり)である。博士の頓智によりアントーニオは命びろいして、アントーニオの親友のバサーニオも安堵する。ぜひ御礼を差しあげたいと申し出たところが、あろうことか、博士はバサーニオの指に留まる結婚指輪を所望するのだ。もちろん博士の正体はポーシャであって、しかもポーシャと当のバサーニオは新婚ほやほやの夫婦だから、このあとの展開が面白い。

夫は家に帰るなり、指輪の顛末をなくなく妻に話して聞かせるのだが、ポーシャは夫の軽率を責める一方である。「あの指輪が女にとってどういうものか、ご存知?」――「いや、友の命を救ってくれた人なのだよ、どうしても差しあげないわけにはいかなかった」――「とにかく、その博士さまを家に近づけないでちょうだい。大切な指輪をもっている人ですもの。それと引換えに、あたしの身体も心も、みーんな博士さまに捧げちゃいそうだから」(第五幕第一場)。

こんなふうに絡んで夫を困らせるポーシャだが、ここに法学博士の虚像がしっかり利いていることはいうまでもない。夫婦のあいだに挟まって、あの才気煥発の博士が揺るがず存在しているのだ。それはまだつづく。

ところがここで、ポーシャは実にあっけらかんと、指輪を掌の上に出して見せるのである。夫はその指輪をじっと見て、なーんだ、君だったのか――そうよ、知らなかったでしょ、と収めてしまえば通俗劇である。シェイクスピアはそう甘くはない。

バサーニオ　ややっ、博士に差しあげた指輪と同じものが。
　　　By heaven, it is the same I gave the doctor!

ポーシャ　ごめんなさい、バサーニオ、博士さまから頂いたのよ。この指輪と引換えに、あたし、あの方と――ご一緒しちゃった。
　　　(第五幕第一場)

I had it of him. Pardon me, Bassanio,
For by this ring the doctor lay with me.

夫婦があたかも協力しあって、頑ななまでに「博士」の虚像を守っているではないか。この虚像を仲立ちにしながら二人のやりとりがしばらく進行し、内側から徐々に気分が盛りあがっていったところで、瞬時、くす玉が一挙に弾ける。茶目っ気たっぷり、お色気たっぷりのポーシャがいよいよ種明しをして、バサーニオの熱い溜息が、安堵の思いが、そのまま喜びの頂点めがけて昇華する。虚像の力の為せる妙技というべきだろう。

バサーニオ　いとしい博士よ、閨（ねや）へ忍ばせてもらおう。
わたしが留守のときには、どうぞ妻といっしょに。

Sweet doctor, you shall be my bedfellow.
When I am absent, then lie with my wife.

（同前）

もう一つ、『空騒ぎ』を見てみよう。舞台はシチリア、凱旋から帰還するドン・ペドロの一行がメシーナの町に立寄る。知事レオナートの娘にヒーローがいて、ドン・ペドロの部下クローディオを識り、二人はついに結婚へと話が進展する。しかし仲間うちにドン・ジョンという、イアーゴーばりの憎悪と嫉妬に燃える男がいた。奴さん、二人の結婚を台無しにしてやれと悪だくみを考え、ヒーローは純潔な乙女ではない、あれは食わせ者だ、という虚像をでっちあげる。途中を端折って結果だけ申せば、クローディオはまんまと欺されて、ドン・ジョンの手口に引っかかり、虚像を信じてしまう。そうして結婚式の当日、女の父親をはげしく非難し、ヒーロー本人にむかっては、「清らなまでに汚れた、汚れはてた清らな人よ、もうお別れだ」と叩きつけて、クローディオはその場を去る。身に覚えのないヒーローは衝撃のあまり気を失ってしまう。で、ここから先が大事なのだ。

結婚式に同席した仲間の一同は、これはきっと罠にちがいないと察して、ここに一計を案じる。悪者のやり口の向こうを張って、こっちはこっちで、ヒーローは悲しみのあまり死んだという虚構をこしらえるのだ。虚をもって虚を制す、というべきか、つまり虚構合戦が始まるのである。

ヒーローの死はまことしやかに周囲に伝えられる。一方、ほどなくドン・ジョンの悪だくみが発覚して、クローディオはまんまと騙された己の愚を悟り、ヒーローを喪った悲しみと後悔に沈む。とり返しのつかないことをやってしまったというのだ。このあたりオセローの悔恨にも似ているが、しかしデズデモーナは死んでも、ヒーローは実のところ死んではいない。死んだという虚構を掲げて、父親レオナートが、悲嘆にくれるクローディオに改めて会い、亡き娘の代りにわが姪と結婚してくれまいかと持ちかける。慙愧の念に堪えぬクローディオとしては、相手方のどんな要望にも応じるつもりでいる。

さて、二度目の結婚式当日のこと、レオナートの姪、すなわちヒーローのいとことやらが、クローディオの前に歩み寄る。おもむろに顔の覆いをとり払う。が、――この先シェイクスピアは二人にどんな台詞を与えているか。

ヒーロー　かつて生きていたときには、あなたの妻。
あなたもまた、私を愛する夫でした。
And when I liv'd, I was your other wife;
And when you lov'd, you were my other husband.

クローディオ　ややっ、ヒーローが、もう一人！
Another Hero!

（第五幕第四場）

こういう台詞がとび出してくるところ、いかにもシェイクスピアである。"Another Hero!"――「もう一人！」という簡明な驚きは、ヒーローが二人まで存在していることへの戸惑いに他ならない。前段のヒーローの台詞もまた、過去と現在それぞれに自分が二人いることを示している。つまり、一方が実像なら他方は虚像である、という冷めた判断にあっさり飛びつかないところが肝腎なのだ。まずは二つながら実像として存在する、と受けとめる。そのあとで、虚と実の観念がクローディオの眼前にゆっくりと形をなし、やがてその一方がかすみ、一方が際立つ。死んだヒーローの虚像がいよいよ消え失せて、もう一人が、すなわち実のヒーローが今ここに立っている、となるわけだ。クローディオはこれでやっと虚構の悪夢から醒める——と同時に、喜劇の明るい陽光が一どきにふり注ぐという仕掛けなのである。

ヒーロー　ヒーローは中傷をあびて死んだのです。
　　　　　そして今、こうして生きております。
　　　　　One Hero died defil'd, but I do live,
（同前）

何という奇蹟であろうか。
最後にもう一つ、『お気に召すまま』を見ておこう。公爵の娘ロザリンドは羊飼いのギャニミードに男装してアーデンの森に入る。ロザリンドに恋こがれるのがオーランドーなる男で、その遣るせない想いを引きずって彼もまた森に入る。そうして森の樹のあちこちに、ロザリンドの名を記した紙きれなんぞぶら下げるから、恋は狂気といわれても仕方ないわけだ。ロザリンド本人がひょいとそんなものを目にして、ははんと思う。ほどなくロザリンド、いやギャニミードは当のオーランドーに出くわす。もちろんオーランドーは相手の正体を知らず、羊飼いのギャニミードなる「男」にむかって、わが恋の想いを綿々と訴えるのだ。それじゃ、ひとつ、おいらがロザリンドとやらになってあげましょう、とギャニミードがいう。おいらをロザリンドと思って存分に口説いてごらんなさい、と持ちかける。オーランドーもこの芝居ごっこに乗り気になるわけだが、何のことはない。実のロザリンドが、虚なるギャニミードに変装し、さらに一つ屈折して虚のロザリンドを演じるという二重の虚構仕掛けなのだ。そうやってしばらく虚と戯れたあとに、やがて好機至れりとばかりに、虚像が実像のロザリンドに立ち戻り、オーランドーはめでたく彼女と結ばれて喜劇が完成するのである。この虚像の消える瞬間の驚きが、意外性が、相手の心に大きな喜びの炎を燃えあがらせる、というわけだ。

オーランドー　この眼が確かなら、あなたこそ僕のロザリンド。

If there be truth in sight, you are my Rosalind.

（第五幕第四場）

しかし虚像ということなら、ひるがえって思えば、芝居そのものが一つの虚像だろう。役者はそれぞれに虚像を演じて見せる。観客はそれを承知の上で、しばし虚像と付合う。ならば、実像はいったいどこに存在しているか。芝居がはねて、役者は生身の某さん某々さんに戻り、観客は劇場を出て現実生活に戻る。現実生活――けれどもここに、揺るぎない実像がどれほど活動しているというのだろう。われわれが考える以上に、われわれの現実生活は空虚なもの、実体なきものなのかもわからない。それが証拠に、死をもって、すべてが消えるではないか。そして死は、生きとし生けるものに必ず訪れる厳然たる事実ではないか。その事実を前にして、この世の現実生活の「実像」などをどこまで信じることができよう。死の瞬間をもって、それまでの生活の証（しるし）が煙と消えるのであれば、要するに人生とは虚像ドラマ以外の何であるか。前章にも援用したが、またそのくり返しともなって恐縮だが、

この世は舞台
男も女もみな役者
人それぞれに退場あり登場あり
They have their exits and entrances,
時に応じていろいろ役をこなす
And one man in his time plays many parts,
（『お気に召すまま』第二幕第七場）

もはや観念して、虚に徹しながら生きるという仕儀に至るのだろうか。虚それ自体の裡に辛うじて生の実体らしきものを摑む、あるいは一とき、ほんの一とき、虚像の消える瞬間が耀くといってもいいだろうか。やや逆説的な捉え方にはなるが——虚のまったただなかの実。

ピーター・ブルックの『殻を破る』（晶文社・一九九三年）という随想記のなかに仮面の話がある。これもなかなか示唆ぶかい。あるとき役者一行を引きつれてバリ島へ行ったそうだ。当地の俳優たちに会い、仮面と彼らとの密接なつながりを直に見て、仮面の力に改めて圧倒されたという。俳優は手にもった仮面をいつまでも見つめている。そうやって見つめているうちに、仮面が自分の顔の一部になり、やがて息づかいまでが変る。そこまで機が熟したところで、いよいよ仮面をつける。するとどうだろう。俳優はもう別人のようになって役柄に溶け込んでしまう、という話なのである。理屈ではわかりにくいが、仮面は素顔を隠すためのものではない、むしろ素顔を顕わすためのものだ、といってよいかもしれない。仮面が虚であれば、素顔は実であるか。そんなことはないだろう。むしろ二つとも虚であり、それぞれが質の異なる虚であるのかもわからない。役者の顔に仮面をかぶせるとは、虚をもってもう一つの虚を包むことだ。その結果として、顔の表面に粘りついた透明の仮面が消える。すると裡側に隠れた資質が、それまでの自分ではない新しい自分が——これを《実》と呼ぼう——仮面の表にせり出してくる。それが不思議だ、とピーター・ブルックは、おおむねそんなふうに語っている。

仮面とは、一つの虚像にはちがいない。虚像の働きによって、何か、思いもよらぬ、新しい力が噴きあげてくるという。これもまた、虚のまっただなかに咲いた花なのだろう。まさに侮るべからざるは、「虚」の力である。

虚なる大地に咲きほこる花、という観念は、芝居だけにかぎらず、文学一般について当てはまりそうだ。十九世紀はじめの文学好きチャールズ・ラムなどは、ことシェイクスピア劇にかぎって芝居の虚構なるものを信じなかった。その手の虚とあそぶことができなかった。ならばラムは、いったい何を信じたのだろう。

ラムの随筆に「シェイクスピアの悲劇について」(一八一一年)(*1)という一文がある。このなかでラムが唱えているのは、ただ一つ、シェイクスピア劇は「読む」ものであって「観る」ものではないという固い信念だ。実に簡明な理がここにある。

随筆の書出しで、ラムは名優と謳われたデヴィッド・ギャリックの像にふれ、役者がこんなにもち上げられてしまうのはおかしいと切り込む。役者とは何か。声や目つきや身振りを駆使して、観客を「へたに騙す」(low tricks)のが彼らの商売だという。そういう連中と、人間の魂を表現しきったシェイクスピアとを混同してはならぬという。

しかしそういったからとて、ラムは芝居も役者の存在もおしなべて否定しているわけではない。シェイクスピアの劇作にかぎってだけ、注文をつけたいというのである。欄外の注記にはっきりそう断っている。ラムには用心ぶかいところがあって、大薙刀をふりまわすような物言いを嫌ったが、シェイクスピアに関してだけは自説を曲げるわけにいかなかったとみえる。シェイクスピアの劇作は、何が何でも、舞台上で役者が演じるべき代物ではないというのだ。もちろんシェイクスピアとしては舞台のために書き、とくに幾つかの作などは、リチャード・バーベッジに主役を演じてもらおうとして書いた。それをラムは、なぜ今さら、シェイクスピア劇は舞台むきではないなどと主張するのか。実はここに、この随筆のもっとも肝腎な力点がある。

ラムはずいぶん早くからシェイクスピアに傾倒していた。まさに韋編三絶というほどにシェイクスピアを読み込み、咀嚼し、おのれの魂の糧としていた。ラムの文学資質に火をつけたのはコールリッジだといわれるが、その資質を育てたのはシェイクスピアといってよいかもしれない。シェイクスピアはとうとうラムの身体内に入り込んだ。姉のメアリとの共作、『シェイクスピア物語』（一八〇七年）はその結実であったわけだが、そんなラムであればこそ、舞台に登場するマクベスもリア王もオセローも、とても見られた代物ではなかった。なぜ、そうなのか。役者がへただからというのではない。「読む」ことと「観る」ことの、本質的な差異にラムは我慢がならなかったのだ。

ラムはシェイクスピア劇に何を読んだか。一言に約（つづ）めていえば、人間生活のおもてに現れる動作や事件ではなくて、人の心の内側にゆれる感情であったようだ。この種の感情をつかまえるには、詩のはたらきに頼るほかはない。若いラムの心をゆさぶったのは、まさにシェイクスピアの「詩」であった。ひとたびこの詩にめざめたあとでは、もはやハムレットの懊悩も、リアの人間絶望と狂気の沙汰も、マクベスの心内に吹き荒れる嵐も、それが舞台で演じられたとたんに、安っぽい茶番劇となってしまう。肉体をもつ役者が、力のかぎりを尽くして声を張りあげ、身ぶり手ぶりを用いて頑張ってみたところで、所詮は目に見える肉体の条件から解放されはしない。演出の粋をこらしてドラマチックな場面を舞台上に創りだそうといくら努めようが、これも同様に、現実の目や耳によって想像力の働きが制限されてしまう。この現実感覚の圧倒的な力にはかなわない。かたや、独りきりでシェイクスピアの言葉を味読するなら、よけいな邪魔が入らず、想像力はのびのびと羽ばたき、言葉の深みに降りていくことができるだろう。舞台ではそれが許されないのだ。とりわけラムの時代には、シェイクスピアは冷遇され、ロンドンの二大劇場（コヴェント・ガーデン劇場とドルーリー・レイン劇場）をのぞいて舞台上のせりふが禁じられていた。シェイクスピア劇はますますスペクタル重視となって、魅力の大半を失い、ラムの愛するシェイクスピアから限りなく遠い別のシェイクスピアに変じた。哀れな老人の姿を舞台上にもろに見せつけられるような、そんなリアは御免こうむりたいのだ。一方、作中にリアの詩を読みとるなら、「われわれはリアなど見ていない。われわれ自身がリアなのだ」となり、ムーア人に首ったけのデズデモーナを読めば、「彼女はオセローの心のなかに、その肌の色を見た」という一事を悟るだろう。舞台で観るシェイクスピア劇にあっては、喜劇悲劇を問わず、そういう感興――これを詩と呼ぼう――そんなものなぞ湧いてくるはずもない。ラムはそう断言する。シェイクスピアともなれば、ラムはこれほどに禁欲的、かつ真剣なのである。

ひとりラムばかりではない。ラムの考えに通じるのが、ウォルター・ペイターの批評である。

ペイターはシェイクスピアに関する三つの文章を残している。発表順に示せば、「尺には尺を」（一八七四年）、「恋の骨折り損」（一八七八年）、「シェイクスピアのイギリス王」（一八八九年）となる（＊2）。ペイターは敢えてマイナーの作を選び、そのマイナーな劇空間にあってもなお、シェイクスピア劇の特性は明らかにして覆うべくもない事実を説こうとした。その特性とは、「詩」にほかならない。ペイターの見るところ、シェイクスピアの詩はいかにも癖（peculiarities）がつよく、いとも奇妙な（strange）語彙からなっている。「恋の骨折り損」のビローンにはシェイクスピアその人が隠れているとか、「尺には尺を」では古いガラクタに魔法の秘術を施すだの、「シェイクスピアのイギリス王」では、なんという言葉の花園か！　とあられもない感動を見せながらペイターは詩に迫る。これらの文章には poetry、poetic、poet、poem という語が何度くり返されていることか。ペイターによれば、シェイクスピアの詩はどこまでも精妙で奥が深く、ときに異様であり、ときに音楽の統一をめざすものであるという。

思えば、この『ルネッサンス』（一八七三年）の著者は熱く語ったものだ。――「すべての藝術は音楽の条件を志向する」（＊3）と。もっと砕いていえば、詩でも絵画でも彫刻でも、どんな藝術にせよ音楽の高みには達することができない、せいぜいそのまぼろしを仰ぎ見るだけだという話になるのだろう。音楽の条件とは、内容と形式との完全なる融合を指し、すなわち、それ自体が内容でもあり形式でもあるという、藝術の侵すべからざる純粋なかたちを志向するものである。こと言葉による藝術に関しては、意味のくびきから解放された言葉がそのまま意味内容をもつという、一見矛盾した言葉のはたらきに頼る試みとならざるを得ない。しかしそれはどこまで可能であろうか。所詮、音楽の至純には達し得ないものなのだろう。そうとなれば、鑑賞する側としては、作品とがっぷり四つに組みあい、理屈を離れて言葉の熟読玩味に就くほかはあるまい。「読む」ことを通して虚と相交わるのである。ペイターは本文中でチャールズ・キーンのリチャード二世を称揚しているが、それはそれとして、ペイターの胸奥に一貫して脈打っているのは、ラム同様に、シェイクスピアを読むという徹底した文学的情熱である。

ペイターはまた「チャールズ・ラム」(一八七八年)と題した一文を書いている(*4)。十九世紀の始めと終りに時代をまたいで生きた二人ながら、彼らには、どこか肝胆相照らすところが感じられてならない。「ラムはシェイクスピアを読み、シェイクスピアについて書きながら、あたかも大荒れの空のもと、まやかしの光のなかを、ただ一人で歩いている男のようだ」。ラムの孤独をペイターはわが事のようにとらえていたらしい。ペイターもまた、先年のこと、『ルネッサンス』の一部に危険思想ありとして世の知識層に警戒されたのであった。そうしてこの詩人肌の文人、かつオックスフォードの一教師もラムに似て、やや俯きかげんに、とぼとぼと独りで歩いていった。

（注）

（＊1）Lamb, Charles. 'On the Tragedies of Shakespeare', *Charles Lamb: Essays,* The Folio Society（1963）.

（＊2）Pater, Walter. *Appreciations*, Macmillan and Co.（1910）所収。

（＊3）Pater, Walter. 'The School of Giorgione', *The Renaissance,* Macmillan and Co. (1910).

（＊4）Pater. *Appreciations* 所収。

（三）失われた一作『カルディーニオ』

最初の『シェイクスピア戯曲全集』（『第一・二つ折本』）には三六篇が収められているが、何がしかの理由で全集に含められなかった作品が幾つかある。後の『第三・二つ折本』（一六六三年）にはじめて収録された『ペリクリーズ』が一つ、近年になって全集に参入した『エドワード三世』、それからジョン・フレッチャーとの共作とされる『二人の貴公子』、また『カルディーニオ』がそれである。これらは『第一・二つ折本』の編者として、シェイクスピア単独の作ではないとの判断があったものか。編者のヘンリー・コンデルとジョン・ヘミングズはシェイクスピアと同じ劇団仲間であったから、元原稿、云々の事情にも通じていたはずであり、当全集の扉に謳う「真正の原本」（true original copies）に基づくという字句には、やはり相応の重みがあると考えてよいだろう。

全集から外された理由はともあれ、『カルディーニオ』の一作だけは、シェイクスピアの存命中に上演されていながら手稿本も上演台本も何ひとつ残されていない。したがって今もって《まぼろしの作》なのである。ところが妙なことに、十八世紀二〇年代のみぎり、『カルディーニオ』

とおぼしき「誰も観たことのないシェイクスピア劇」(*1)がロンドンはドルーリー・レイン座の舞台に上り、世間を騒がせたあげくに出版までされた。それまで知られなかったシェイクスピア劇がついに発掘されたという話になる。*Double Falsehood or The Distrest Lovers*（『二重の欺瞞』）がその本の題名であり、作者はルイス・セオボールドなるシェイクスピア愛好家であった。セオボールドはこれを出版するにあたって、ときの国王ジョージ二世の認可を受けており、その証書の文面によれば、彼はシェイクスピア手稿本を大枚はたいて購入し、さんざん苦労しながら上演台本用に翻案したそうだ(*2)。「手稿本」が存在していたというのは驚きである。しかし詩人のアレグザンダー・ポープや、同時代の他の人びとにいわせるなら、『二重の欺瞞』はセオボールドによる捏造にちがいないという（ポープは最晩年にこの見解を改めている）。シェイクスピア作品の編集をめぐって、セオボールドとポープはとかく犬猿の仲であったが、いずれを真とすべきか識者の意見の分かれるところでもある。

セオボールドは一七三三年にシェイクスピアの『戯曲全集』を編んだ。それには『カルディーニオ』はおろか、『ペリクリーズ』も『二人の貴公子』も含まれない。結局、『第一・二つ折本』収録の三六篇に唯々諾々と従った恰好だが、その編纂方針としては、共作ものをみな除外したかとも思われる。ただし『ヘンリー八世』だけは、なぜか例外扱いとして、共作でありながらも『第一・二つ折本』に倣って当全集にそのまま収録されている。

セオボールドが入手したシェイクスピア手稿本とは、いったい何なのだろう。時代はそれより七十年余りさかのぼるが、一六五三年九月に、本屋のハンフリー・モーズリーという男が出版権の登録をなした記録がある(*3)。そこには四一篇の戯曲タイトルが列記してあって、そのなかの一つに'The History of Cardenio, by M. Fletcher & Shakespeare'がある。もしや、十八世紀のセオボールドはこの古い一本をみつけて買い求めたのではないだろうか。それを時代の好尚に合わせて加筆修正したのではなかったか。真相はいずこに在りや。十七世紀半ばに公刊されたらしいこの『カルディーニオ譚』なる一作は、シェイクスピアとフレッチャーとの共作ということだが、その現物はもはや存在しない。

いったいシェイクスピアの時代に演じられた『カルディーニオ』とは、どういう芝居であったのだろう。顧みるに、一六一三年五月二〇日の財務公文書によれば、宮廷で上演された六篇の劇に六〇ポンドの謝礼が国王一座のジョン・ヘミングズに支払われ、そのなかの一篇に『カルデーノ』(Cardenno)というのが含まれている。さらに同年の七月九日に六ポンド何がしかが、これまたヘミングズに支払われ、このときの演目が『カルデーナ』(Cardenna)であったという。いずれも作者名は記されていない。しかしこの二度にわたる上演こそが、タイトルの揺れをわずかに残しながらも、いわゆる『カルディーニオ』そのものであったという説が有力らしい(*4)。しかしくり返すが、上演の証拠があっても現物は残されていない。現物不在の状況下にあって、現物につながる細い糸をたぐり寄せながら、その周辺をめぐる議論にむかわざるを得ないのである。先に触れた『二重の欺瞞』も、そういう観点から注目されるべき一作だろう。

『カルディーニオ』の材源は、その当時衆目を集めたセルヴァンテス作『ドン・キホーテ』のなかの一挿話による。『ドン・キホーテ』（一六〇五年）は当初からたいへんな人気を博し、各種の版が編まれ、イギリスでもトマス・シェルトンの訳（一六一二年）が出て、その翌年にはもう先述の『カルデーノ』上演となった。時流に乗ること人後に落ちず、外国の作物にも深甚なる興味を示すという、そんな晩年のシェイクスピア像を想ってみるのも悪くないだろう。『ドン・キホーテ』に読みふけるシェイクスピア老、とやら。

ちなみにセルヴァンテスは一六一六年四月二三日、シェイクスピアと同年同日に亡くなっているが、生れたのはシェイクスピアよりも二十年ほど早かったから、割合に長生きした。セルヴァンテスの生涯は平坦どころではなく、海戦に加わって負傷したり、アルジェリアで捕虜生活を送ったりと、それはそれはひどいものであったらしい。一六〇五年に『ドン・キホーテ』前篇で脚光を浴びて、一六一五年にはその続篇を刊行した。これは苦労人の暗い影を引きずった作品というよりも、むしろ人生に居直ったような趣があり、ある一線を突き抜けて堂々と屹立しているようにに見える。主人公の空想いっぱいにはち切れんばかりの一人芝居はどうだろう。周囲の凡人どもを見下さんばかりのあの狂気の孤高、あの果てしない夢の連続、そしてそれらを大きく包み込んでいる現実世界、そんなところに古今の読者を魅了してやまぬ何かがあるはずだ。最近の動向としては、二〇一六年二月に、ストラットフォード・アポン・エイヴォンのスワン座で『ドン・キホーテ』二幕劇のミュージカルが上演された。

『ドン・キホーテ』の作中には主筋から逸れた幾つかの挿話が色を添えるが、その一つであるカルデーニオ（英語読みはカルディーニオ）挿話を、以下、会田由訳の文中から拾い上げてみよう。

第三篇・第二四章に、「憂い顔の騎士」なるドン・キホーテが山中にて「ぼろの騎士」カルデーニオと出逢い、その男の不幸のかずかずを聞かされるくだりがある。カルデーニオ青年は美しい乙女ルシンダに恋をして、二人は結婚の約束まで交わすのだが、そんな折も折、青年はさる公爵に請われて令息の学友を務めることになってしまう。ルシンダにはしばしの猶予を乞い願ってカルデーニオは出発した。ところが公爵の令息ドン・フェルナンドという若者は、実にだらしない女たらしで、とうとうカルデーニオの恋人ルシンダにまで手をつけてしまう。ルシンダとしては実家の経済状況とか何とかの事情があったものか、しまいには色男の甘言になびいて結婚を承諾する。さて、それを聞き知ったカルデーニオはどういう行動に出たか。彼は二人の婚礼の場面を物陰に隠れて目撃したあと、女の裏切りと友人の暴挙に打ち砕かれ、煩悶のあげくに奥山へ身を遠ざけて鬱々たる日々を送ることになったという。そんな話なのである。そのあと『ドン・キホーテ』では主人公と従者サンチョとの実にばかばかしい、また滑稽至極のやりとりへと移るが、次にカルデーニオが再登場して話のつづきを語るのは第二七章になる。

第二七章ではルシンダとフェルナンドが結婚に至るまでの詳細と、それに伴うカルデーニオ自身の心情が描出される。カルデーニオは復讐を考えた。誰に？　卑劣な事態を目撃していながら、それに抗して何ひとつ実行できなかった、かくも不甲斐ない自分自身に復讐しようと決心するのだ。山中に引きこもったのは、そのためだという。カルデーニオの悲しくも悩ましい話はまだつづくはずなのだが、ここでひとまず区切りとなる。

われわれもちょっと視点を変えよう。女の側の裏切りというテーマに関しては、シェイクスピア作『トロイラスとクレシダ』（一六〇二年）に一言触れておかねばならない。この作は『ハムレット』とほぼ同時期に書かれたが、クレシダの不実を目のあたりにしたトロイラスのやるせない心境が、ちょうどハムレット王子の女性不信と人間絶望にも通じているようだ。ギリシア陣営とトロイ陣営との、女をめぐる戦の裏側に、一方ではトロイラスの勇気や誠実や美徳といったうるわしい観念が、他方には打算や誹謗や揚げ足取りという汚い現実があらわれ、両者ははげしく衝突する。当事者であるヘレンもクレシダも妙にくだけていて、ある意味では処世に長け、みずからの不幸な境遇をひたむきに思い悩むような女ではない。捕虜になった高官の身代わりとして、クレシダは敵陣に引き渡され、恋人のトロイラスとはしばしの別れとなる。二人は再会を約束して悲しい別れの瞬間を迎えるのだが、ややあって両軍が干戈を交える段になり、折しもトロイラスは、敵側のダイアミディーズと恋仲に落ちたクレシダの心変わりを見せつけられてしまう。女の裏切りである。トロイラスは煩悶しつつ絶望と虚脱感に苛まれたまま幕となる。ここに人間の不条理がつよく表出するという次第だが、これをもってシェイクスピアにおける近代精神のあらわれとまで読む識者もある（＊5）。近代ならぬシェイクスピア以前、中世の時代にあってはいかがであったものか。

シェイクスピアが影響を受けたであろうチョーサーの叙事詩『トロイルスとクリセイデ』では、末尾が大きく異なっている。恋人に裏切られたトロイルスは戦死して、天上にあって地上の恋の空虚を観ずるという結末だが、ここには一つの安らぎと秩序の回復が見られるというべきかもしれない。チョーサーの世界にはこのように地上から遠く隔たった天空の摂理へとつながっていく意味合いが汲みとれるが、かたや十七世紀初頭のシェイクスピア作品ともなれば、神の救いよりも人間の現実へ、しかもその現実の残酷な一面へと筆が動いていくのである。本作末尾のパンダラスのせりふに、「ああ、人間の世、この世、世のなかとは!」(O world, world, world!) という悲嘆の言葉がある。リア王の絶望にも通じる苦い情感が漂っているではないか。これもまた、一片の近代精神の残響だろうか。

カルデーニオの話に戻ろう。第四篇・第二八章でカルデーニオと村人たちが金髪の美女ドロテーアに出喰わす展開となる。ドロテーアはひどい男にだまされ、山中に身をひそめて悲嘆にくれていたという話だが、その話を聴くうちに、カルデーニオは他人事とも思えぬ怪しい気分に襲われる。なんとドロテーアはドン・フェルナンドに裏切られたというのだが、この男こそ、忘れもしないカルデーニオをだまして恋人ルシンダを奪った当人なのであった。しかしドロテーアの語るところ、ルシンダは不幸な婚礼の式場で気を失い、その胸元からこぼれ落ちた紙片に、自分には契りを交わしたカルデーニオなる男がいて結婚はできない、と自筆ではっきりとしたためてあったという。それを聞いてカルデーニオが胸を躍らせなかったはずはない。わが恋人は裏切らなかったのである。一方、女に憤ったフェルナンドはそのまま姿を消して、次の女としてドロテーアを誘惑し契りを交わしたあとに、これも捨てたという与太話になる。

第三六章がこの逸話のクライマックスであろう。さる宿屋にいろんな客人が集まり、そのなかに尼さん風情の女性が一人ふさぎ込んでいる。それぞれに変装した旅の連中が当の女性を慰めようとしてさかんに声をかけるのだが、女性はそれを一切拒むようにして自分の殻に閉じこもっている。ところがそのとき、女性の耳に懐かしい声がひびいてきて、突如狂乱の態を示す。騎士がそれを慎めようとする。「騎士は、婦人の肩をつよくおさえていたが、そのことに気をとられて、ずれ落ちてくる自分の顔隠しをあげる余裕もなかったから、それは本当にすっかり落ちてしまった。ドロテーアも婦人を抱きとめていたが、目をあげたとき婦人をうしろから抱いている男が自分の夫ドン・フェルナンドだということを知った。そうしてそれがわかったとたんに胸の奥底から、長い、いかにも悲しげな『あれ！』という嘆声をもらすと、気を失ってあおむけに倒れた。だから、すぐそばに床屋がいて受け止めなかったら、床に倒れてしまったことだろう。住職もすぐに駆け寄って、ドロテーアの顔隠しをとって、その顔へ水をかけようとした。顔があらわれると、もう一人の婦人をかかえていたドン・フェルナンドに、ドロテーアがわかったが、彼女を見たとたんに死人のように青ざめた」（＊6）。こんな調子で次々と、縁浅からぬ人びとが天の配剤で一堂に再会し、互いに互いを見つめ合い、驚くやら喜ぶやら、そのあとは人間どうしの共感と感動のうちにドロテーアとフェルナンドが、そしてカルデーニオとルシンダが、めいめいしかるべき相手と固く結ばれる、というめでたいフィナーレに花が咲く。もちろんめでたい結末にはちがいないのだが、どこか間の抜けたような、軽い可笑し味を覚えずにはいられない。

カルデーニオをめぐるこの悲劇風喜劇の筋立てに重なるようにして、もう一つのプロットであるドン・キホーテの物語が進行する。サンチョをはじめ村人の住職や床屋などがこぞってドン・キホーテを村へ連れ戻そうと企てるエピソードが同時並行に進展するが、連中が変装してへたな芝居をうったりするのも、ドン・キホーテの目をあざむいて、どうにか所期の目的を遂げようと考えたためである。しかし原作はそうでありながら、ドン・キホーテとその周囲の人びとなどは、十八世紀の『二重の欺瞞』には一切登場しない。

『二重の欺瞞』にあっては劇中人物の名を変えて、女たらしのフェルナンドはヘンリキューズ（Henriquez）、カルデーニオはジュリオ（Julio）、ルシンダはレオノーラ（Leonora）、ドロテアはヴァイオランテ（Violante）と名を変えて活躍するが、全編が『ドン・キホーテ』のなかのカルデーニオ挿話を下敷きにしているのは明らかである。ただし最後の場面でヘンリキューズの父（公爵）だの兄だの、恋人めいめいの父親らが集合してヘンリキューズの悔恨へと盛り上げていくあたり、またそれにつづく恕しや親子の和解などが前面にせり出してくるところなどは、この作ならではの特徴といえそうだ。しかし本当にシェイクスピアが、『ドン・キホーテ』中の一挿話をこんなぐあいに仕立て直したのだろうか。処々（ところどころ）にフレッチャーの手が入ったという定説はともかく、『二重の欺瞞』のフィナーレには不満を洩らす評者があるのも事実である(*7)。
この一作は『シンベリン』に類似しているともいわれるが、『シンベリン』の末尾を濃厚に味付けしているのは、親子や夫婦間の篤い情ばかりでなく、大切なものの喪失が復活へと転じる際の、あの深い喜びを裡にはらんで高まりゆく《当惑の感情》に他なるまい。この白熱の感情が在るか無いかでは、劇展開の深味において甚大な差がひらくものと思われる。さらわれた二人の王子が立派に成長して、今、この目の前にいる。危うく毒殺されかかった娘イモージェンもいるではないか。なんと、戦場にあって大奮闘してくれたあの兵士が、婿のポステュマスだったとは——。一つ、また一つと真相に接するシンベリン王の狐につままれたような当惑のせりふが効いている。

おお、わけがわからぬ！
Does the world go round?
イモージェンの声だ！
The tune of Imogen!
なに、わしの子が？

How? My issue?

ああ、何ということだ？

O, what am I?

（第五幕第五場）

と王はくさぐさの困惑をみせるのだが、それもほどなく大きな喜びへとなだれ込み、喜劇の大団円を飾ることになる。感動あふれる終幕が仕上がるというものだ。それからすれば、『二重の欺瞞』のおしまいはいささか物足らぬという批評があっても無理はない。さらに付け加えるなら、『尺には尺を』の終幕を盛り立てるあの手の込んだシーンと比べてみるのもよいだろう。ウィーン公爵が変装をかなぐり捨て、偽善者の公爵代理アンジェロや、若い恋人らの前に正体をあらわし、一同の驚きもよそに、自作自演の《芝居》をつづけていく。刻一刻と、劇的エネルギーの昂まりが醸成され、それがやがてクライマックスの瞬間を迎え、ついに許しと和解のうるわしい感動が一場を領して劇が終わる。このあでやかなフィナーレ、燦々と降りそそぐ喜劇の陽光ともなれば、かたや『二重の欺瞞』の末尾の調子はいささか冷めすぎていて、ここにはやはり、シェイクスピアの筆触とは何かしら別のものが感じられるはずだ。おしまいの二行なども蛇足であろうか。

さて胸うずく恋人たちはこの話によって、
まことの恋のさまよいゆく所、同じく幸あらんと願うべし。
（第五幕第二場）

And make griev'd lovers that your story read
Wish true love's wand'rings may like yours succeed.

けだし、こういう説教じみたまとめ方は後味がよろしくないものだろう。歓喜きわまる明るい調べが大気に満ちておしまい、というほうがずっと好ましいのではないか。『二重の欺瞞』の第三幕までがシェイクスピア作、第四幕以降がフレッチャー作と推断する学者もあるが(＊8)、シェイクスピア生前の『カルディーニオ』原本はどうであったのだろう。失われた原稿は、いかがであったものやら。しかし無いものは無い。われわれは果てしのない夢を見るばかりである。

（注）
（＊1）上演は一七二七年、出版は翌二八年。The Arden Shakespeare, *Double Falsehood*,（2010）p.162.

（＊2）*Double Falsehood*, p.162.

（＊3）Chartier, Roger（translated by Janet Lloyd）. *Cardenio between Cervantes and Shakespeare*, Polity Press（2013）p.77.

（＊4）Chartier, pp.7-8.

（＊5）野島秀勝『近代文学の虚実』（南雲堂、一九七一年）一一〇ページ。

（＊6）セルバンテス『ドン・キホーテ』（会田由訳）第二巻　一七二ページ。

（＊7）*Double Falsehood*, 'Introduction' p.49.

（＊8）Boyd, Ryan L. and Pennebaker, James W. "Did Shakespeare Write Double Falshood? Identifying Individuals by Creating Psychological Signatures with Text Analysis", *Psychological Science*（April 2015）参照。

遺言書補遺

シェイクスピアの遺言書は、現在ロンドン西方の国立古文書館（The National Archives）に保管されている。十八世紀の昔、この遺言書には古い写しが存在する事実を嗅ぎつけた人物がいた。ニュープレイス屋敷の外観を示す唯一のスケッチを遺したとして有名な、あのジョージ・ヴァーテューである。一七三七年十月にヴァーテューはストラットフォードを訪ねて、ときのシェイクスピア生家の所有主シェイクスピア・ハートのもとにくだんの写しが保存されているのを知った。ハート家はシェイクスピアの妹ジョウンが嫁いだ先である。おそらくそれと同一の写しが、さらに十年後、ストラットフォードのジョゼフ・グリーン牧師の手に渡ったらしいが、そのあたりの詳細はわからない。グリーンは写しの原本から二種の転写を作成した。その一つが大英博物館に、もう一つがワシントンのフォルジャー・シェイクスピア図書館にそれぞれ所蔵されている。

ところが、それらとは別に、二十世紀の半ばになってシェイクスピア遺言書の最も古い写しが発見された。十九世紀後葉の牧師かつ古物収集家であったエドマンド・レーンなる人物の孫娘C・ハートウェル・ルーシーという人が、お祖父さんの遺物のなかから見つけだしたのであった。この写しには日付がないものの、十七世紀前半の逸物にちがいなく、シェイクスピアの死後ほど経たぬうちに作られた可能性もないわけではないらしい。専門家がそのように鑑定している。写しを筆記したのは、ウィリアム（又はギルバート）・ロスウェルとやらの人物であるそうだ。これは十一枚の紙を綴じて仕上げられていて、かなり傷みがはげしく、以後、シェイクスピア生家保管委員会 (the Trustees and Guardians of Shakespeare's Birthplace) の管理下に収められ、その復刻も公表されている。無理もないことではあるが、他に幾つか公刊されているシェイクスピア遺言書の復刻版と比べてみると、表記やら何やらの点において異同がおびただしい(＊1)。

つづいて、遺言書の中身に関する一章（シェイクスピアの遺言書）に書ききれなかった幾つかの事柄を補足しておく。まず書出しの数行であるが、これは当時の遺言書にお定まりの文言が忠実に並べられているだけで(＊2)、シェイクスピア自身の文飾などは一つもない。すなわち紋切型の記述ということになる。貧民への遺贈一〇ポンドについては、町一番の金満家ジョン・コムが三年前に同種の贈与として二〇ポンドを提供しているところからも、かなりの額面と考えられよう。ジョン・コムは遺言書でシェイクスピアに五ポンドを贈っているくらいだから、両者のあいだには密なる関係があったようで、おそらくシェイクスピアは貧者への贈与を思案しながらジョンの先例を意識したものと思われる。ちなみにジョンの甥がトマス・コムであり、この若者にはシェイクスピアが剣を遺贈している。

ナッシュ兄弟とは、かつてシェイクスピアがストラットフォードに土地を買ったときに（一六〇二年）立会人の役を引受けてくれた間柄である。またリチャード・タイラー親父の名は本遺言書において棒引きされ、遺贈の対象から外されているが、こちらは肉屋の息子でシェイクスピアの学校友達でもあった。この男は大火犠牲者のために募った寄付金を横領するという悪事が災いしてか、シェイクスピアの遺言書から消える結果になった。ウィリアム・ウォーカーはシェイクスピアの名付け子で、服地商ヘンリー・ウォーカーの息子、当時は八歳であった。父親のほうはシェイクスピアの父ジョンとの親交があったらしい。

遺言書立会人のなかにも名をとどめるサドラー家とは家族ぐるみの付合いがあり、こちらはパン屋を営んでいた。ウィリアム・テイラーは肉屋兼町会議員である。立会人の一人ジュリアス・ショーも町会議員であり、裕福な羊毛商人であった。裕福といえば、遺言書文中に見える一番の金持ちはトマス・ラッセルという人物である。この人はウォリックシャーとウスタシャーとグロスタシャーに広大な地所を持ち、それに加えてロンドンの裕福な未亡人と結婚した。未亡人の連れ子にレオナルド・ディッグズというのがいて、これが後、『第一・二つ折本』にシェイクスピア賛辞の詩を載せた人物なのである。

シェイクスピアは最後の不動産購入としてロンドンのブラックフライアーズ座近くにゲイトハウスを買った。これは一六一三年三月のことで、シェイクスピア晩年の日々についてさまざまな憶測を誘発する一件となっている。――故郷のストラットフォードに引込んだはずのシェイクスピアが、なぜロンドンにこのような家を買ったのか。この時期になってもなお芝居すじの人間や用件に関与していたのだろうか。ゲイトハウスにはジョン・ロビンソンという男を破格の契約で住まわせていたが、もしやこの男、ロンドンに在住してシェイクスピアの秘書を務めていたのではないか、云々、というような次第で空想が尽きない。

シェイクスピアの遺言書を見ると、遺贈額の合計がざっと三五〇ポンドほどになるが、当時の遺言書を入念に調査したロバート・ベアマンによれば、この額はストラットフォードのジェントリー階級としては低いほうなのだそう だ(*3)。甥のめいめいに五ポンドを贈るなどの一件でも、経済的観点からすれば、いささかケチくさい。それに意外というべきか、本遺言書には、縁浅からぬサウサンプトン伯や、ペンブルック伯、モントゴメリー伯などの名が一切ない。文学の庇護者として刊行物の献呈こそ受入れはしても(*4)、彼らはとうてい金銭の授受などになじまぬ超俗の人たちであったのかもわからない。シェイクスピアの遺言書はどう見ても中流紳士の域を出るものではなく、こういってよければ、田舎町のやや暮し向きのいい旦那の最期を暗示する書き物である。しかし、そうはいうものの、この遺言書はシェイクスピア晩年の資産状況を立証する唯一の文書として、詩人の実生活の断片を垣間見せてくれる貴重な資料であることはまちがいない。

翻って思うに、シェイクスピアとはいったい何者なのか。三葉の遺言書を埋める字句のなかから立上がってくるのは、いささか平凡な、ごくありふれた一人の男の面貌なのだが、そんな一事をここに確認してみてもさして意味はないのである。シェイクスピアとて生身の人間であるからには、笑いもすれば泣きもしただろう。めしを喰らい、酒を飲み、年上女房と喧嘩もしたにちがいない。それらはみな人間として当り前の事象であるから、とり立てていうも愚かである。

シェイクスピアがシェイクスピアたる所以は、何といっても、彼の遺した詩と劇作品にこそ求められるべきではないか。この点にせよ、重ねて強調するまでもなさそうだが、それならシェイクスピアの作品とは何か。その本体は何処にあるのか。わけてもイギリス人ならぬわれわれ外国人としては、シェイクスピアに関わるに何を為せばよいのか。ある人は原書をこつこつ読めという。翻訳は畢竟、原作品の一解釈であり、アダプテーションにすぎぬという。それなら、日本人読者が英語で書かれた『第一・二つ折本』を読むとき、そこに我流のアダプテーションが、あるいはミス・アダプテーションが混入しないといえようか。舞台はどうだろう。各地各様に綿々と試みられてきた上演のかずかずは、まさにアダプテーションの華々しい足跡そのものではないか。そこには正真正銘のシェイクスピア作品が不在なのであろうか。

とにかく、いつの場合にも言葉の問題にぶつかるのである。その大問題に直面するときこそ、シェイクスピアとは何かを思い知らされるにちがいない。あるいは、次のようにいえばどうだろう。言葉をめぐってさまざまな関わり方がある。いずれも大なり小なりシェイクスピアの影を宿しながら、シェイクスピアはそれらの何処にも存在しない。いささか詭弁じみた言辞に聞えようが、八方手を尽くしてシェイクスピアを追いかけたつもりでも、シェイクスピアの実体はついぞつかまらない。その苦い経験を、誰かが正直に、また巧みに語らねばならないように思う。それはきわめて難事である。何しろシェイクスピアときては、変幻自在に姿かたちを変え、時と所を選ばず、気の向くまま方々に出没する。いや実は、シェイクスピアが己れの意思に従って出没するのではないのだ。われわれがそうさせるのである。原典を味わい、翻訳を読み、舞台上演に心血を注ぎながら、他でもないわれわれ自身が、シェイクスピアを実にシェイクスピアたらしめているのである。もしかしたらわれわれ一同、そろってシェイクスピアの幻に幻惑されているのかもしれない。

デニス・ケネディが「シェイクスピアの東洋化」という大そう刺戟的な論文を発表している。シェイクスピアはちっともインターナショナルの存在ではないという。シェイクスピアなど読みもしなければ、歯牙にもかけぬ国々がたくさんあるとして、イスラム諸国だの東南アジア、アフリカ、中南米と、具体例を挙げている。「いったいシェイクスピアの何が東洋の国々に移植され、かすめ取られたというのか。またいかなる理由をもってか」(*5)。ここにはシェイクスピアを表層的に、ただ上づらだけ捉えて騒ぎ立てる斯界の愚を批判する眼がある。ケネディはまたこうもいう。「われわれはもっとシェイクスピアなど好まぬ人びとや、シェイクスピアの作品をわけもなく有難がったりせぬ人たちと語り合わねばならない」(*6)。いよいよ旧来の既成概念を脱して、新しい観点から、ひとつ新しいシェイクスピア像をみずからの裡に創り上げようという時代が到来したようなのである。

注

（＊1）Fox, Levi. 'An Early Copy of Shakespeare's Will', *Shakespeare Survey* 4, pp.69-77 参照。

（＊2）West, William (ed). *The First Part of Symboleography: which may be termed the Art, or Description, of Instruments and Presidents.* Theatrum Orbis Terrarum (Amsterdam, 1975)［originally: London, 1590］404-408. また Schoenbaum. *William Shakespeare: A Documentary Life.* p.246 参照。

（＊3）Bearman, Robert. *Shakespeare's Money*. Oxford University Press (2016) p.163.

（＊4）サウサンプトン伯はシェイクスピアの詩『ヴィーナスとアドーニス』（一五九三年）および『ルークリース』（一五九四年）を、ペンブルック伯とモントゴメリー伯はシェイクスピアの死後に『第一・二つ折本』を献呈されている。

（＊5）Kennedy, Dennis. ed. *Foreign Shakespeare*. Cambridge University Press, 2004 (First published 1993) p.291.

（＊6）*Ibid.*, p.293.

エピローグ
〜詩人の里〜

十年ほど前の春先に、ロンドンはフィンチリィロードの道角で車にはねられ、その後しばらく、ぼんやりと日を送った。療養をかねてストラットフォードの町にやって来たのは二週間ばかり経ってからのことである。病院の診察によると、右膝の負傷は、要するに一種の捻挫というものであった。大きな鉄の塊に、ばん、と弾かれてよくぞ転倒しなかったものだ、さすがにスポーツマンはちがう、など医者からお世辞までいわれ、湿布薬をどっさりもらって帰った。嬉しくも何ともない。軽くあしらわれたように思った。

ロンドンには日本人の医者の勤務する病院が幾つかあって、軀はやはり同国人に診てもらうほうが安心だから、近辺の病院のリストを一瞥してセント・ジョーンズ・ウッド病院というやつを選んだ。まともに歩けやしない。用心しながら、そろりそろりと歩をはこぶ。それでも右膝の内側のあたりに、いやな痛みがじんと張り付いて離れない。これは只事じゃないぞと覚悟して病院へ出向いたところが、捻挫といわれてがっかりした。もうすこしマシな診断をしてもらいたいと思った。捻挫にしろ、何にしろ、痛くてやりきれない。こんな軀にしてくれた電気工事のヴァンには腹が立って仕方ないから、遅ればせながら警察へ届けることにした。もちろん、以前みたいにさっさと事を処理できる身ではない。こうも半身が不自由になってしまうと、一つ一つが、頭で考えるのとはまったく別の身体の主張をなして現実に切りかかってくる。肉体とは強情なやつだ。警察署はゴーダス・グリーン駅の先にあり、たびたび目に付いて知っていたが、そう遠くないはずなのに、とんでもなく遠方に感じられる。バスに乗り、ずっと先まで歩かねばならない。今ではたいへんな負担であり、重荷であり、気が滅入る。それでもどうにか警察署へたどり着き、届けを出して帰ってきた。どうにもならぬとは、はじめから知っていた。

――車ニハネラレタ、膝ヲネンザ、痛ム。

国もとの家内に携帯メールで連絡した。煙草をやめてしばらく経つが、最後の一箱に最後の一本だけを残して〈よほど〉のときに喫ってやろうと考えていた。さて、その一本を抜き出して喫った。煙が口からぷかぷかと出るばかりで、やけに味気ない。

――だいじょうぶ？　わたしがそちらへむかうまで、何もしないで寝ているように。車椅子なんかになっちゃっては困ります。

すぐにこんな返信メールが来た。折返しこっちから、

――一週間安静トノコト、酒モ禁物トノコト。ツマラヌ。

するとまたあちらから、

——それでいいのです。安らかに眠りたまえ。

と寄越した。実際、軽口を返す元気もありゃしない。さて数日後、日本から看護に駆けつけてくれたのは家内によく似た初老の女、当方の義妹である。ほどなくロンドンの借家を出て、ストラットフォード・アポン・エイヴォンの町なかに一軒のコテッジを借りた。

ストラットフォードのFコテッジはスカラーズ・レイン（学者の径）という細道に面していて、目と鼻の先にニュープレイスが、すなわちシェイクスピア最晩年の家の跡地がある。ニュープレイスは表通りの低い石塀ごしにちょっと見おろす恰好になっているが、緑の芝生のひろがりに古井戸がぽつんと一つ残っているぐらいで、いささか張合いがない。その味気ない景観をくり返し見ているうちに、これもどうして悪くないと思うようになったから奇妙である。

ここは小さな町だが、その割にパブが多い。観劇の前後に一杯引っかけたり、シェイクスピア巡礼の道すがら立寄ったり、あるいは地元の連中がどこそこのパブで仲間と談笑する。そんな人びとの需要に応えているのだろう、パブはいずこも大賑わいだ。ロンドンでもそうだが、めいめいのパブには味があり、それぞれ特色があって面白い。「バラと王冠」で、ちょっと休もう。——まあ、昼間からビールなんて、ぜいたくね。——昨日は「女王の首」で飲んだじゃないか。——うーん、こんなぜいたく、許されていいのかしら。——一昨日は「点燈夫」だったかな。その前の晩は、ええと、「白鳥」だったっけ。——あらあら、飲んでばかりいる。

先日もオックスフォードへ出かけた帰りに、途中のチッピング・ノートンでバスから降りて飲んだ。ほのぼのと暮れゆく村のたたずまいを眺めてから、村の小さなホテルのバーにくつろいで地元産の旨いエールを飲んだ。次のバスが来るまでの一時間ばかりを、ゆっくりと過ごしたものである。別の日にはまた、モートン・イン・マーシュの骨董屋を冷やかし、チッピング・カムデンの村をぶらついたあと、バス停留所前の小さなホテルのバーで飲んだ。土地のエールはやっぱり旨い。そのあとストラットフォードへ帰ってくるなり、すっかり安心して、また一軒はしごをした。こんなふうにふり返ってみると、確かに飲んでばかりいるといわれても仕方がない。

ストラットフォードへ来てからは、パブで飲むのがそのまま生活の一部となり、日常の自然の展開となった。膝の怪我も着実に回復へむかっているようで、まだ重い品物こそもてないが、ビールなんぞ飲んでいると至って調子がいい。あんなに激しい痛みが、と今では信じられないくらいだ。買物がてらに表通りへ出て、あっちのパン屋で朝食用のスコンを買い、こっちの肉屋で豪勢かつ安価なサーロイン・ステーキなぞ切ってもらって帰る。食品を冷蔵庫に収めるなり、また通りへ出て、今度は古本屋をのぞいたり、地域の図書館で地域のパンフレットなど読んだりしながらしばらく過ごす。夕方になるとたいがい喉も渇いて、さあ、パブへという順序になるわけだ。

Ｆコテッジの台所で、たそがれの裏庭を眺めながら夕食となる日もあった。夕食がすめば、一日の締くくりとしてパブへ出かける。五分も歩けば気に入ったパブに到着するが、別に急ぐこともない。さらに五分、十分とぶらつきながら、今夜はどこにしようかと迷うのもまた楽しい。ぜいたくな楽しみにはちがいない。とにかく、飲んだあと家まで歩いて帰れるのが、いちばんのぜいたくだ。今日の朝食は外のカフェで、と決めて朝のマーケット広場を散歩した。十二月の家さがしに一人でふうらり出かけて来たときには、この広場のベンチで背中を丸め、白い息を吐きながらホットドッグを頬張ったものだ。熱い紅茶も旨かった。今、かたわらの露店では春の花が――チューリップやらラッパ水仙やら、みずみずしい花々があたりに春の香を流している。あっという間に季節が移った。あっちの露店では野菜や果物が、こっちの露店では帽子や衣類が、むこうでは日用雑貨のもろもろが並び、店の主はいずれも太鼓腹を大きく突き出して、小さな紙コップの紅茶など啜っている。陽気な朝の挨拶が飛び交う。笑ったり冗談をぶつけ合ったり、その合間に、もそもそ、ごそごそ、と荷箱なんぞ動かしては商売の準備を進めている。まことに悠然たるものだ。せかせか急いでいるような姿は、どこにも見えない。

広場を抜けてウッド通りからブリッジ通りへむかう手前、ヘンリー通りへと右に折れる角の所に大きなカフェがあって、ここはいつも大そう混んでいる。テーブルが空くのをそれとなく待ちながら、空いたと見るや、先を争うようにそいつを確保する。盆にのせたクロワッサンとカプチーノをテーブルに移し変えて腰をおろすと、道に面した大きな窓から朝陽がまぶしく射してきた。今日はどこへ？　と連れの女が訊く。――うん、ふと思いついたんだが、スニッタフィールドはどうかな。――過ぎたフード？――スニッタフィールドだよ。シェイクスピアの父さんの里だ。――お母さんのお里なら、ずっと前に一度行ったけど、と女がいう。

スニッタフィールドはストラットフォードから北へ五、六マイルの所にある。バスに乗れば二十分ほどの小さな村だが、その昔、ジョン・シェイクスピアは故郷の村をとび出して、鬱蒼たる森を抜け、ヒバリのさえずる野良道を歩き、ひと花咲かせてやろうとストラットフォードの町へ出て来たらしい。当時のストラットフォードは、ものの本によれば人口二〇〇〇人足らずのマーケット・タウンで、隣のウォーリックよりも小さく、コヴェントリーよりもはるかに小さな町だった。ジョン・シェイクスピアはこの町で手袋職人の見習い奉公を務め、やがて自立して結婚、子供の誕生、そして町長の位にまで上りつめた——と語り伝えられている。この父親と、家政の切盛りが上手で信仰心の篤い母親とが、詩人ウィリアム・シェイクスピアの出現にもっとも深く関与した、という捉え方がまずある。いや、それよりむしろ、町のグラマー・スクールにおける教育が決め手だと主張する人もある。いやいや、結婚だ、子供の死だ、当時の社会情勢だ、といろいろ穿鑿されるわけだが、詩人シェイクスピアはそう易々とつかまらない。天才の要因をいずこに求めようが結果はただ一つ、要するに、詩人の作品が現存して物をいっているという一事だけは動かせない。ならば、詩人の作品とは何か、それはどこにあるのか、という議論へたちまち突入してしまいそうだが、そうなると話が厄介だから、ここではやめておく。

——ジョン・シェイクスピアの納屋ってのはさァ、この道をずっと先ィまで行ってさァ、右手に教会が見えっからね、その教会のむこう側ださ、と村の肉屋が教えてくれた。肉屋は白い上っ張りを着て、白いエプロンを腰から垂らしていた。客がなくて閑だとみえて、わざわざ店の外まで出てきて、村なかの道のずっと前方を指差した。——教会がさァ、右側にあってよォ。そこをぐるっと廻ってさァ、あっちへずーっとよォ。肉屋の英語には田舎訛りが混じっている。ロンドン子とはまた別の朴訥な感じがあって、なかなかいい。教えられたとおりに、静かな村の道を歩いて行った。教会が見える。人っ子一人いない。教会の先を廻ると、道が二股に分かれていた。家がぽつりぽつりと建っている。さて、ここからどっちへ行ったものか。どれが目当ての納屋なのだろう、十六世紀に溯るぐらいの古い家はどれだい、と探してみてもわからない。ここらの家は、みんな古いといえば古いのだから。

庭の手入れをしている一人のおばさんが見えた。——おばさん、こんにちは。ジョン・シェイクスピアの納屋というのは、どっちですかね。——はい、いいお天気だね、とおばさん。——いや、ジョン・シェイクスピアの、つまり、シェイクスピアの父さんの家を見たくてね。——ああ、シェイクスピアのお父さん？　あの人、とっくの昔に死んじゃったよ。——だけど、その家が残っているという話なので。——まあ、ねえ、家ともいえないけど。ほら、そっちの汚い小屋、あれがシェイクスピア父さんの、その、なに、親戚の持物だったみたいね。——今も誰かが住んでいるの？——ああ、人が住んでいるよ。——おばさん、有難う。——グッド・ラックね。バイ、バイ。

道ぎわに建つその古びた建物に近づいてみると、確かに昔のくすんだ趣がある。急勾配の屋根、むき出しの梁、朽ちかけた赤煉瓦に小さな窓というぐあいだが、もちろん、そっくりそのままシエイクスピアの時代の代物であるはずがない。建物のわきには材木のクズがだらしなく積み上げてある。そんな昔の家をつらつら眺めて、そのうち何か珍しい想念でも湧いてこようかと待ってみたが、何もひらめかない。しばらく道のかたわらを往ったり来たりしたものだから、靴音を聞きつけて、黒い大きな犬が吠えながら走って来た。放し飼いの犬は嫌いだ。その吠え声にもまさる大声をもって、ハロー、グッド、アフタヌーン、とぶつけてやった。犬は足を止めて、長い赤い舌を垂らしながら、当惑顔にこっちを見た。

Ｆコテッジに帰って夕食となった。中華料理のもち帰り店で仕入れてきたアロマ・ダック、焼ソバ、海老チャーハン、青菜の炒め物を小さな食卓いっぱいに並べて、まずはビールから始まった。たまには冷たい罐ビールもわるくない。今日もまた終ったかという、疲労と充足感の入り混じった、けだるい気分が潮のように寄せてくる。と同時に、どこかで聞きおぼえた文句が、あの有名な台詞の断片が、ふわふわと宙をよぎった。

――Tomorrow, and tomorrow, and tomorrow,…

明日(あした)、また明日、そしてまた明日と…

(『マクベス』第五幕第五場)

明るい窓からはいささか殺風景な裏庭が見えて、乾いた雑草の茂みに西陽がさらさらと照っている。昼間のあのおばさん、ちょっと変ねえ、と女が切り出した。そうかな？　おばさんも、それから黒い犬も、いつかどこかで見たような気がしてならない。こっちはそれとも気づかずに、記憶の襞のなかに畳みこまれ、ずっと忘れられ、それがひょっこり飛び出して……。しかし女としては、そんなたわ言なんか受付けないようだ。何やら憐れむような、寂しげな、つんとした表情に変った。この表情にも覚えがある。遠い昔の、どこか遠い所の風景が今にもよみがえりそうで、あと一息というところで、それもつかの間、すいっと消えてしまった。どうしたというのだろう、ここはいったい何処なのだろう、と大いに面喰らった。西陽をいっぱいに受けたFコテッジのダイニング・ルームが、どこかしらロンドンの賃貸部屋の狭い台所にも似ていて、そうかと思えば、埼玉の自宅の居間が忽然と立ち現れたりもする。ほんの一瞬、複数の像が重なり合って、やけに錯綜して、何が何やらわからない。しかしほどなく、ゆっくりと霧が晴れていくように、頭がしっかりしてきた。助かった。

＊

あれから、はや十年が過ぎた。もちろん膝の痛みもとれて一件落着したが、記憶のなかの痛みは消えず、当時のストラットフォード生活と固く結びついてしまっている。今、ストラットフォードの日々を思えば、あのときの痛みが復活してくるようだ。そこにはまた、必ずやシェイクスピアの影が揺曳するのである。

そうこうするなかで、この間あらためてシェイクスピアに想いを馳せるはこびとなった。一夜、王国社の山岸久夫さんと語らううちに話題がシェイクスピアの遺言書におよび、次第に熱を帯びて、しまいには原稿執筆をつよく勧められたのであった。ほどなくロンドン郊外に部屋を借りてしばらく住むことになったので、引きこもるようにして原稿を書き、書いたものを小出しに分けて日本の山岸さん宛に送った。すぐに励ましの返信が来たのは嬉しかった。ますます調子が上がった。併せて、シェイクスピアの研究者であり古くからの知友でもある野上勝彦さんにも原稿を読んでいただいた。また遺言書中のラテン語表記については、兼利琢也さんの助力を仰ぐことができた。ここに記して心からの謝意を捧げたい。

シェイクスピアの遺言書原文については、これを現代英語に改めたものも、日本語に翻訳されたものも、筆者の知るかぎりどこにも見当たらない。本書巻末に付した遺言書の書き下ろしにあたっては、"Shakespeare in the Public Record" (by David Thomas), *Will's will* (by Simon Trussler)、その他を参考にした。拙訳は一つの試みであるが、あるいは当時におけるこの種の文書として不適正な語句が混じってしまったかもしれない。諸賢のご叱正を乞う次第である。本文中に引用した訳文等においては、筆者の好みと独断によって多少の改変を加えさせていただいた。原著者にはくれぐれもご寛恕のほどお願い申し上げたい。

二〇一八年三月

梅宮創造

（付録）ウィリアム・シェイクスピア遺言書

イングランド他の王ジェームズ治世下十四年目、かつスコットランドの王ジェームズ治世下四九年目に、そして主イエスの年一六一六年十月　三月二五日にこれを記す。

ウィリアム・シェイクスピア遺言書

記

神の御名のもと、ウォリックシャーはストラットフォード・アポン・エイヴォンにありて、私こと紳士ウィリアム・シェイクスピアは有難くも心身共に健康この上なき今、最後の遺言を以下のごとくに定めるものとする。まずはわが霊魂を神の御手に委ね、ここに望みかつ堅く信ずるは、ひとり救世主イエス・キリストの慈徳によりて恒久の生命をたまわらんこと、かくてわが骸を生成元素たる土に還す。

一つ、わが義理の息子　娘ジュディスに現金一五〇ポンドを以下の条件にて遺贈する。すなわち、われの死後一年以内に結婚持参金として（挿入）一〇〇ポンドを贈るが、当該額面が支払われぬ期間にあっては一ポンド当り二シリングの金利を約するものとする。残余の五〇ポンドについては、われの死後に譲渡さるべき不動産および権利を本遺言書の管理人の求めに応じてすべて放棄することへの代償とする。これによりて当人が（挿入）現在所有する土地付き家屋に関する権利、すなわち前記ウォリックシャーのストラットフォード・アポン・エイヴォンに存してローウィントン領地の一部をなす謄本保有権付き家屋敷はスザンナ・ホールとその相続人に末永く継承されるべきものとする。

一つ、本遺言書の日付から三年以内にあって、娘ジュディスまたはその子孫が生存する場合にはさらに一五〇ポンドを贈る。われ死後の未払い期間については、遺言執行人は先述のとおりに金利を支払うものとする。もし上記期間内にジュディスが子孫を残さず死去した場合には、一〇〇ポンドを孫娘エリザベスに贈り、五〇ポンドを遺言執行人の手配にて妹ジョウン・ハートの終生年金に組込み、その利潤を妹ジョウンに支払い、その死後は元金の五〇ポンドを妹の子らに等しく分け与えるものとする。一方、もし娘ジュディスまたはその子孫が上記三年間にあって生存する場合には、当該の一五〇ポンドは遺言執行人と遺産管理人の手配により（挿入）、娘とその子孫のため最大の利に資すべきものとする。ただし当該の資本（挿入）は娘が結婚して既婚女性のままである以上、これを遺言執行人と遺産管理人より支払われる（挿入）ことなく、代わりに娘の生涯にわたってその年利を、また死後は子があれば子に資本元金と金利を共に払い、子がなければ、われ死後の上記期間中に娘の指定にかかる遺言執行人または譲受人に委託する。ただし娘の結婚後三年以内または爾後の結婚において、娘の伴侶が娘およびその子孫にたいして、娘が遺贈さるべき一筆の土地に匹敵する新土地を、しかも遺言執行人と遺産管理人がかように証明する土地を確約した場合には、当該の一五〇ポンドは娘の伴侶の私用にあてるべく支払われるものとする。

一つ、わが妹ジョウンへ、われの死後一年以内に二〇ポンドを支払い、さらにわが衣類のすべてを遺贈する。併せて、ストラットフォードの庭付き家（挿入）は終生にわたり彼女の使用に供し、その家賃を年額十二ペンスと定める。

一つ、

ウィリアム・シェイクスピア（署名）

【2ページ】

妹の三人の息子、すなわちウィリアム・ハート、（空白）ハート、マイケル・ハートに、われ死後一年以内にそれぞれ五ポンドを贈る。ただし、われの死後一年以内に遺産管理人の助言と指示により、遺言執行人を通して、妹が結婚するまで当該の額面から最大の利潤が生れるよう考案し、元金ともども彼女に支払うように計らうものとする。

一つ、彼女　先のエリザベス・ホールに、本遺言書の日付時点でわれが所有する食器類のうち銀めっきの深皿を除く（挿入）すべてを贈る。

一つ、前記ストラットフォードの貧民に一〇ポンドを、トマス・コム氏にわれの剣を、トマス・ラッセル殿に五ポンドを贈り、ウォリックシャーはウォリック町の紳士フランシス・コリンズ殿には十三ポンド六シリング八ペンスを、われ死後の一年以内に支払うものとする。

一つ、老リチャード・タイラー氏　ハムレット・サドラー（挿入）に指輪代として二六シリング八ペンスを、紳士ウィリアム・レイノルズ殿に指輪代として（挿入）二六ペンス八ペンスを、わが名付け子のウィリアム・ウォーカーには金二〇シリングを、紳士アントニー・ナッシュ殿には二六シリング八ペンスを、ジョン・ナッシュ氏には金二六シリング八ペンスを、そしてわが友ジョン・ヘミングズとリチャード・バーベッジとヘンリー・コンデルには指輪代としてそれぞれ二六シリング八ペンスを（挿入）贈る。

一つ、娘スザンナには本遺言の遂行に備え、かつこれを首尾よく執行してもらうために（挿入）、前記ストラットフォード（挿入）のニュープレイスと称するわが住居の家屋敷および付属の土地を、またストラットフォード町内のヘンリー通りに存する二軒の家屋敷を遺贈する。さらにストラットフォード・アポン・エイヴォンとオールド・ストラットフォード、ブショップトン、ウェルコム、また前記ウォリックシャーの町や集落や村々、そして畑や敷地のなかに在って、あるいは譲られ、あるいは取得した納屋、厩、果樹園、庭、土地、その他すべてを贈る。加うるに、ロンドンはウォードローブ付近のブラックフライアーズに在ってジョン・ロビンソンが住まう家屋敷と、その他の不動産、相続財産のすべてをスザンナに贈る。上記屋敷の一筆またはすべてをスザンナ・ホールが生涯にわたり所有し維持して、その死後は合法認知された長男に、そのまた後には当の長男の男子相続人に、もしそれがなければスザンナの合法認知された二男に、つづいてその子の男子相続人に、もしそれがなければスザンナの合法認知された三男に、さらにその男子相続人に、もしそれがなければスザンナの四男、五男、六男、また七男へと順につづき、

ウィリアム・シェイクスピア（署名）

【3ページ】

それぞれ四男、五男、六男、七男の男子相続人へと、前記長男、二男、三男およびそれらの男子相続人を指定したのと同様に計らうものとする。もしかような子孫がない場合には、上記の家屋敷は孫娘エリザベスと合法認知されたその男子相続人へ、またそれがなければ（文字破損）、娘ジュディスとその合法認知された男子相続人に所有さるべきものとする。もしそれもなければ、以下、上記ウィリアム・シェイクスピアの正統なる相続人へと永久に遺贈されることになる。

一つ、わが妻に二番目に上等なベッドを付属品と共に贈る（挿入）。

一つ、娘ジュディスに銀めっきの大皿を贈る。

わが負の遺産を清算し葬式費用を支払ったのち、さらに残余の物品、金子、借地権、食器類、宝石、家財については、すべてを義理の息子ジョン・ホールとその妻スザンナに贈り、両名をわが最終遺言の執行人に指名する。また上記トマス・ラッセル殿と紳士フランシス・コリンズ殿には本件の管理を委ね、初期の遺言すべてを無効として本遺言書を決定版とみなすよう懇請する。両名の立会いのもと、冒頭の日付にてここにわが印　自署（挿入）をしるす。

ウィリアム・シェイクスピア本人による（署名）

公証立会人
以下のごとし（署名）
フランシス・コリンズ
ジュリアス・ショウ
ジョン・ロビンソン
ハムネット・サドラー
ロバート・ワットコット

主の年一六一六年六月二二日、法学博士および宣誓管理官等々たるウィリアム・バード判事立会いのもと、遺言執行人等々のジョン・ホールが本遺言の真なるを証す。本状は正当なる誓いに基づき、いま一人の遺言執行人スザンナ・ホールの求めに応じて開示さるべし。

以下、目録。

The Will of William Shakespeare

[Page One]

Vicesimo Quinto die ~~Januarii~~ M[ar]tii Anno Regni
D[omi]ni n[ost]ril Jacobi nunc R[egis] Angliae etc.
decimo quarto & Scotie xlixo Annoque D[omi]ni 1616

T[estamentum] W[ille]mi Shackspeare
R[egitretu]r

In the name of god Amen I Willi[a]m Shackepeare of Stratford upon Avon in the countie of Warr' gent in perfect health & memorie god be praysed doe make & Ordayne this my last will & testam[en][t] in manner & forme followeing That ys to saye first I Comend my Soule into the hands of god my Creator hoping & assuredlie beleeving through thonelie merittes of Jesus Christe my Saviour to be made partaker of lyfe everlastinge And my bodye to the Earth whereof yt ys made.

It[e]m I Gyve & bequeath unto my ~~sonne in L[aw]~~ Daughter Judyth One Hundred & ffyftie pounds of lawfull English money to be paied unto her in manner & forme followeing That ys to saye One Hundred Poundes in discharge of her marriage porc[i]on (interlined) within one yeare after my decease w[i]th considerac[i]on after the Rate of twoe shillinges in the pound for soe long tyme as the same shalbe unpaid unto her after my deceas & the ffyftie pounds Residewe therof upon her surrendering of (interlined) or gyving of such sufficient securitie as the overseers of this my will shall like of to Surrender or graunte All her estate & Right that shall discend or come unto her after my deceas or that she (interlined) nowe hath of in or to one Copiehold ten[emen]-

te with theappertnances lyeing & being in Stratford upon Avon aforesaied in the saide countie of warr' being parcell or holden of the mannor of Rowington unto my daughter Susanna Hall & her heiries for ever.

Item I Gyve & bequeath unto my saied Daughter Judyth One Hundred & ffiftie Poundes more if shee or Anie issue of her bodie Lyvinge att thend of three Yeares next ensueing the daie of the date of this my will during which tyme my executors to paie her considerac[i]on from my deceas according to the Rate aforesaided. And if she dye within the saied terme without issue of her bodye then my will ys & I doe gyve & bequeath One Hundred Poundes thereof to my Neece Elizabeth Hall & ffiftie Poundes to be sett fourth by my executors during the lief of my Sister Johane Harte & the use & proffitt thereof Cominge shalbe payed my saied Sister Jone & after her deceas the saied L^{li} shall Remaine Amongst the children of my saied Sister Equallie to be devided Amongst them. But if my saied daughter Judith be lyving att thend of the saied three years or anie yssue of her bodye then my will ys & soe I devise & bequeath the saied Hundred & ffyftie poundes to be sett out by my executors and overseers (interlined) for the best benefit of her & her issue and the stock (interlined) not to be (interlined) paied unto her soe long as she shalbe marryed & Covert Baron ~~by my executors & overseers~~ but my will ys that she shall have the considerac[i]on yearelie paied unto her during her life & after her deceas the saied stock and considerac[i]on to bee paied to her children if she have Anie & if not to her executors or Assignes she lyving the saied terme after my deceas provided that if such husbond as she shall att thend of the saied three yeares by marryed unto or attain after doe sufficientlie Assure unto her & thissue of her bodie lands answereable to the porc[i]on gyven unto her & to be adjudged soe by my executors & overseers then my will ys that the saied CL^{li} shalbe paied to such husbond as shall make such assurance to his owne use.

Item I gyve & bequeath unto my saied sister Jone XX^{li} & all my wearing Apparrell to be paied & delivered within one yeare after my deceas. And I doe will & devise unto her the house (interlined) with thappurtenances in Stratford

wherein she dwelleth for her naturall lief under the yearelie Rent of xii^{d}

Item I gyve and bequeath

William Shakespeare (signed)

[Page Two]

unto her three sonnes William Harte (blank space) Hart & Michael Harte ffyve pounds A peece to be payed within one yeare after my deceas ~~to be sett out for her within one yeare after my deceas by my executors with thadvise & direccons of my overseers for her best proffitt untill her marriage & then the same with the increase thereof to be paied unto her~~.

Item I gyve & bequeath unto ~~her~~ the saied Elizabeth Hall All my Plate except my brod silver and gilt bole (interlined) that I now have att the date of this my will.

Item I gyve & bequeath unto the Poore of Stratford aforesaied tenn poundes; to Mr Thomas Combe my Sword; to Thomas Russell Esquier ffyve poundes & to ffrauncis Collins of the Borough of Warr' in the countie of Warr' gent. thirteene poundes Sixe shillinges & Eight pence to be paied within one yeare after my deceas.

Item I gyve & bequeath to ~~mr Richard~~ Hamlett sadler (interlined) ~~Tyler thelder~~ XXVI^{s} VIII^{d} to buy him A Ringe; to William Reynoldes gent. XXVI^{s} VIII^{d} to buy him a Ring (interlined); to my godson William Walker XX^{s} in gold; to Anthonye Nash gent. XXVI^{s} VIII^{d}; to mr. John Nashe XXVI^{s} VIII^{d} ~~in gold~~ & to my ffellowes John Hemynges, Richard Burbage & Henry Cundell XXVI^{s} VIII^{d} A peece to buy them Ringes (interlined).

Item I Gyve Will Bequeath & Devise unto my Daughter Susanna Hall for better enabling of her to performe this my will & towardes the performans thereof (interlined) All that Capitall Messuage or tenemente with thappurtenances in Stratford aforesaid (interlined) called the newe plase wherein I nowe Dwell & two messuages or ten[emen]tes with thappurtenances scituat lyeing

& being in Henley Streete within the borough of Stratford aforesaied. And all my barnes, stables, Orchardes, gardens, landes, ten[emen]tes & hereditam[en]-ts whatsoever scituat lyeing & being or to be had Receyved, perceyved or taken within the townes & Hamletts, villages, ffieldes & groundes of Stratford upon Avon, Oldstratford, Bushopton & Welcombe or in anie of them in the saied countie of warr And alsoe All that Messuage or ten[emen]te with thap-purtenaces wherein one John Robinson dwelleth, scituat, lyeing & being in the blackfriers in London nere the Wardrobe & all other my landes ten[emen]tes & hereditam[en]tes whatsoever. To Have & to hold all & sing[u]ler the saied premisses with their Appurtenances unto the saied Susanna Hall for & during the terme of her naturall lief & after her deceas to the first sonne of her bodie lawfullie yssueing & to the heiries Males of the bodie of the saied first Sonne lawfullie yssueinge & for defalt of such issue to the second Sonne of her bodie lawfullie issueinge & ~~of~~ to the heires Males of the bodie of the saied Second Sonne lawfullie yssyeinge & for defalt of such heires to the third Sonne of bod-ie of the saied Susanna lawfullie yssueing & of the heires Males of the bodie of the saied third sonne lawfullie yssueing And for defalt of such issue the same soe to be & Remaine to the fflourth,~~-sonne~~ ffyfthe, sixte & Seventh sonnes of her bodie lawfullie issueing one after Another & to the heires

William Shakspeare.(signed)

[Page Three]

Males of the bodies of the saied ffourth, fifth, Sixte & Seventh sonnes lawfullie yssueing in such manner as yt ys before Lymitted to be & Remaine to the first, second & third Sonns of her bodie & to their heires males. And for defalt of such issue the saied premisses to be & Remaine to my sayed Neece Hall & the heires Males of her bodie Lawfully yssueing for defa[ult of] (letter dam-aged) such iss[u]e to my daughter Judith & the heires Males of her bodies law-fullie issueinge. And for defalt of such issue to the Right heires of me the saied

Will[ia]m Shackspere for ever.

Item I gyve unto my wief my second best bed with the furniture (interlined);

Item I gyve & bequeath to my saied daughter Judith my broad silver gilt bole.

All the Rest of my goodes Chattel[s], Leases, plate, Jewels & household stuffe whatsoever after my dettes and Legasies paied & my funerall expences discharged, I gyve devise & bequeath to my Sonne in Lawe John Hall gent. & my daughter Susanna his wief whom I ordaine & make executors of this my Last will & testam[en]t. And I doe intreat & Appoint the saied Thomas Russell Esquier & ffranci[s] Collins gent. to be overseers hereof And doe Revoke All former wills and publicshe this to be my last will & testam[en]t. In Wit[n]es whereof I have hereunto put my ~~Seale~~ hand (interlined) the Daie & Yeare first above Written.

By me William Shakspeare (signed)

Witnes to the publicshing
Hereof (signed) Fra: Collyns
Juliyus Shawe
John Robinson
Hamnet Sadler
Robert Whattcott

Probatum coram Mag[ist]ro Willi[a]mo Byrde legume d[o]c[t]ore Commissar[io] etc. xxii^{do} die mensis Junii Anno d[omi]ni 1616 Juram[en]to Johannis Hall unius ex[ecutorum] etc. Cui etc. de bene etc. Jurat[i] Res[er]vata p[o]t[est]at etc. Sussanne Hall alt[eri] ex[ecutorum]etc.cum ven[er]it etc. petitur

In[ventariu]m ex[hibi]t[um]

シェイクスピア家系図

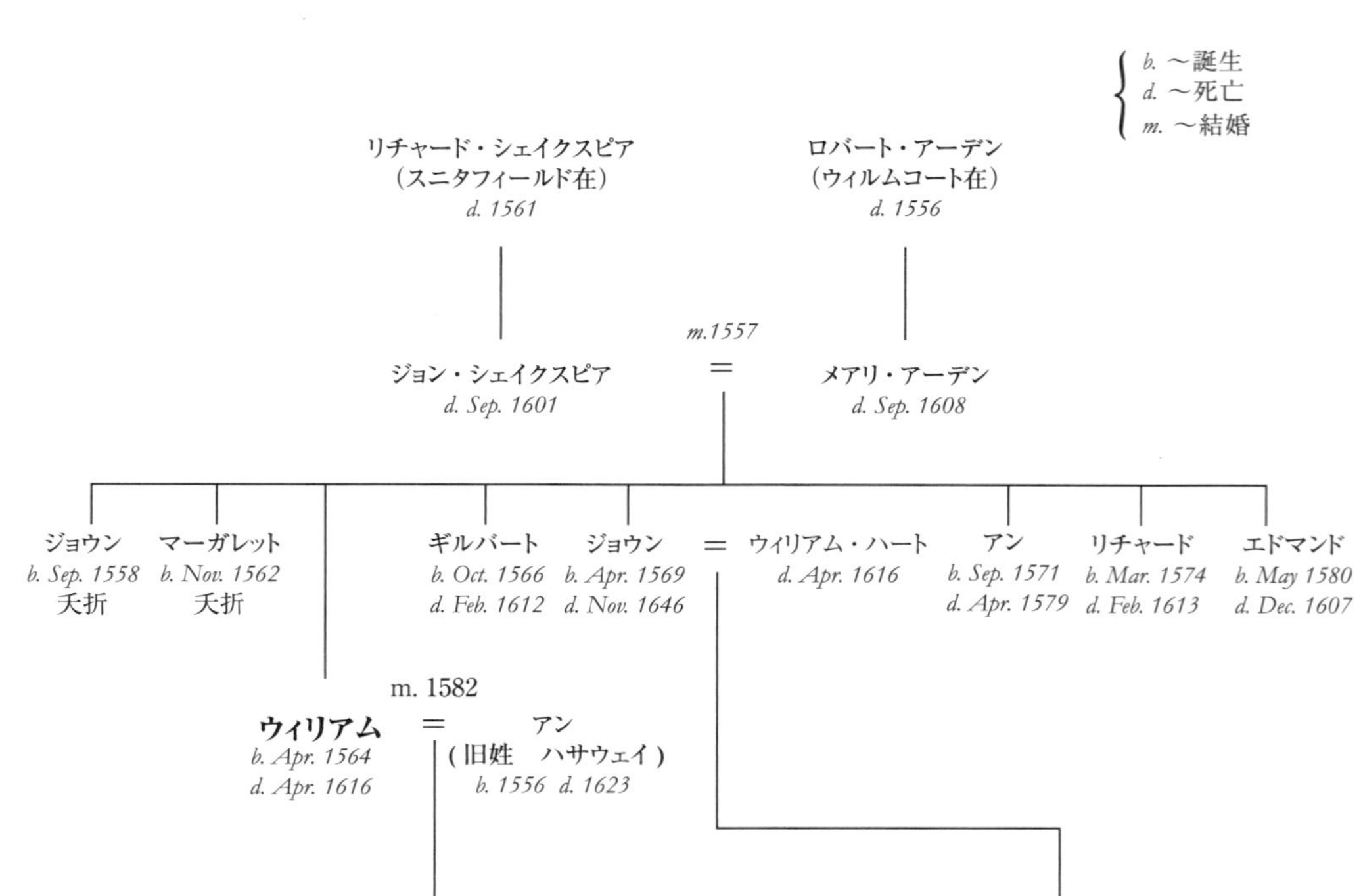

b. ～誕生
d. ～死亡
m. ～結婚
リチャード・シェイクスピア
（スニタフィールド在）
d. 1561
ロバート・アーデン
（ウィルムコート在）
d. 1556
m.1557
ジョン・シェイクスピア
d. Sep. 1601
メアリ・アーデン
d. Sep. 1608
ジョウン
b. Sep. 1558
夭折
マーガレット
b. Nov. 1562
夭折
ギルバート
b. Oct. 1566
d. Feb. 1612
ジョウン
b. Apr. 1569
d. Nov. 1646
ウィリアム・ハート
d. Apr. 1616
アン
b. Sep. 1571
d. Apr. 1579
リチャード
b. Mar. 1574
d. Feb. 1613
エドマンド
b. May 1580
d. Dec. 1607
m. 1582
ウィリアム
b. Apr. 1564
d. Apr. 1616
アン
(旧姓　ハサウェイ)
b. 1556　d. 1623

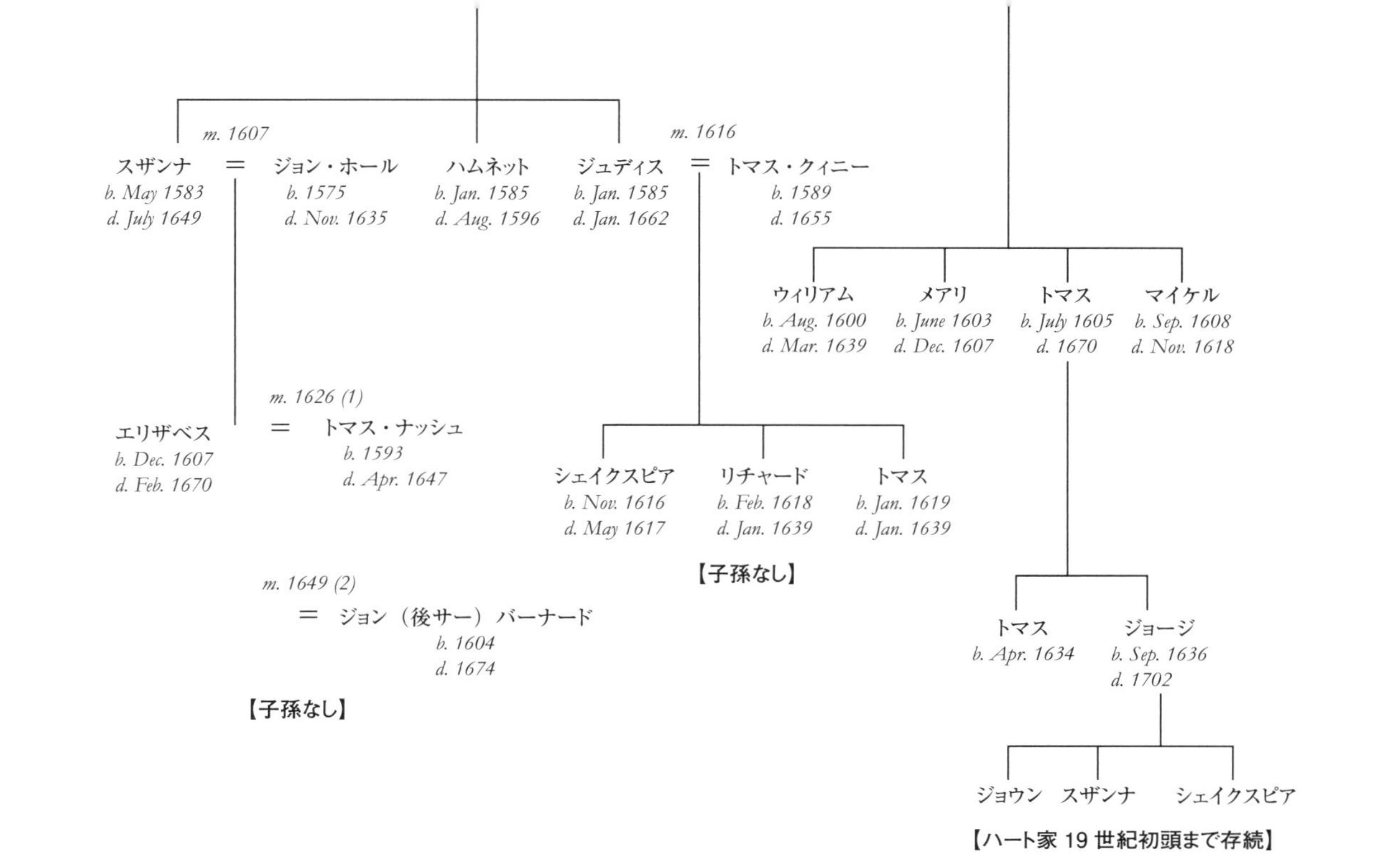
m. 1607
スザンナ
b. May 1583
d. July 1649
＝
ジョン・ホール
b. 1575
d. Nov. 1635
ハムネット
b. Jan. 1585
d. Aug. 1596
ジュディス
b. Jan. 1585
d. Jan. 1662
m. 1616
＝
トマス・クィニー
b. 1589
d. 1655
ウィリアム
b. Aug. 1600
d. Mar. 1639
メアリ
b. June 1603
d. Dec. 1607
トマス
b. July 1605
d. 1670
マイケル
b. Sep. 1608
d. Nov. 1618
エリザベス
b. Dec. 1607
d. Feb. 1670
m. 1626 (1)
＝
トマス・ナッシュ
b. 1593
d. Apr. 1647
シェイクスピア
b. Nov. 1616
d. May 1617
リチャード
b. Feb. 1618
d. Jan. 1639
トマス
b. Jan. 1619
d. Jan. 1639
【子孫なし】
m. 1649 (2)
＝
ジョン（後サー）バーナード
b. 1604
d. 1674
【子孫なし】
トマス
b. Apr. 1634
ジョージ
b. Sep. 1636
d. 1702
ジョウン
スザンナ
シェイクスピア
【ハート家 19 世紀初頭まで存続】

梅宮創造（うめみや　そうぞう）
　早稲田大学・文学学術院教授。英文学。主な著書に『子供たちのロンドン』（小澤書店）、『拾われた猫と犬』（小澤書店）、『はじめてのシェイクスピア』（王国社）など。訳書としては、ピーコック作『夢魔邸』（旺史社）、グロウスミス作『無名なるイギリス人の日記』（王国社）、タートルトブ作『じじバカ』（サンマーク出版）、ディケンズ作『英国紳士・サミュエル・ピクウィク氏の冒険』（未知谷）、『ディケンズ・公開朗読台本』（英光社）、『「クリスマス・キャロル」前後』（大阪教育図書）、『写真と文による:ヴィクトリア朝ロンドンの街頭生活』（アティーナ・プレス）など。イギリス文学を専門とするが、専門奴隷になることを潔しとせず、ひろく文学のもつ滋養分や毒素のなかに新しい表現様式の模索をつづけている。かつて池袋ケニーズ・バーでの定期トーク・ライブ（文学編・文化編）は40回を超えた。現在、文学の有志がつどう『文学倶楽部』や、継続年数と質をともに誇る文藝同人誌『飛火』への執筆に打ちこむ。

シェイクスピアの遺言書

2018年6月30日　初版発行

著　　者——梅宮創造　
発 行 者——山岸久夫
発 行 所——王 国 社
〒270-0002 千葉県松戸市平賀152-8
tel 047-347-0952　fax 047-347-0954
郵便振替 00110-6-80255
印刷　三美印刷　　製本　小泉製本
装幀・構成——クリエイティブ・コンセプト

ISBN978-4-86073-068-0　*Printed in Japan*